연애의
온도
29℃

연애의 온도

29℃

이지현
지음

고즈넉이엔티 GOZKNOCK ENT

연애의 온도 29℃

초판 1쇄 발행 2019년 2월 9일

지은이 이지현
펴낸이 배선아
펴낸곳 (주)고즈넉이엔티
편집기획 박소현

출판등록 2017년 3월 13일 제2018-000115호
주소 서울시 중구 퇴계로26길 52 1층
대표전화 02-6269-8166 **팩스** 02-6166-9199
이메일 gozknock@naver.com

ⓒ 이지현, 2019
ISBN 979-11-6316-031-1 03810

이 도서의 국립중앙도서관 출판예정도서목록(CIP)은 서지정보유통지원시스템
홈페이지(http://seoji.nl.go.kr)와 국가자료공동목록시스템(http://www.nl.go.kr/kolisnet)에서
이용하실 수 있습니다. (CIP제어번호: CIP2019002009)

차례

Part 1

그 여자, 그 남자의
연애 동선

유주의 연애 동선

구두 가게 점원은 팔리지 않는 구두를 신는다.

잘 빠진 구두들은 상자에서 나오자마자 누군가의 손에 곧바로 납치당한다.

단 한 켤레도 팔려 나가지 못한 구두는 언제나 구두 가게 점원의 차지다.

지금 유주의 발에 신겨져 있는 겨자색 구두처럼 말이다.

유명 해외 스타 덕에 반짝 호황을 누린 그 컬러가 지금 유주의 발에 덧씌워져 있다.

'검은 정장 차림에 겨자색 슈즈라….'

유주는 김에 겨자가 묻은 모양새만 아니길 바랄 뿐이었다.

이런 모양새라면 차라리 '그'에게 자신의 맨발을 보여주고 싶은 심정이다.

그렇다고 팔리지 않는 구두를 모른 척하기에는 매장 전체를 배신하는 것처럼 느껴졌다.

'그'가 나타났다고 그간 지켜왔던 규칙을 깨는 것은 프로답지 못한 거다. 유주는 겨자색 슈즈 뒤꿈치를 일부러 소리 나게 마주치며 스스로를 다독거렸다.

'블러디 럭키 슈즈'

유주가 일하는 구두 매장은 이태리나 스페인에서 직수입한 고급 수제화만 전문적으로 취급하는 곳이다. 매장은 30평 남짓한데 일하는 직원은 유주 한 사람뿐이다.

늘 서른여덟이라고 주장하지만 마흔 살일 게 뻔한 그녀, 사장님은 일층 구두 매장을 포함한 이 오 층짜리 건물의 건물주였다. 건물 부자인 사장님의 부친은 자신의 막내딸이 결혼과 인연이 없음을 일찌감치 간파하고, 사는 동안 든든하라고 유산을 미리 떼어줬다. 그녀가 오즈의 마법사에 나오는 초록마녀를 닮은 터라 유주는 마음속으로 초록마녀라 불렀다. 초록마녀의 취미는 쇼핑과 꽃미남 스토킹이었다. 시시때때로 신상을 쇼핑하고 연하의 훈훈한 남자를 추적하느라 그녀는 자주 자리를 비웠다. 그 덕분에 매장의 유일한 점원은 혼자 매출을 관리하고 자유로운 출퇴근을 즐기며 지낼 수 있었다.

허나 자유에는 책임이 따르는 법.

유주의 자유는 초록마녀가 쫓아다니던 연하남에게 연인이 생기는 순간 깨어졌다. 초록마녀에게 새로운 다음 타깃이 생기기 전까지 실연의 아픔을 밤낮으로 들어주어야 했다. 매장에 사장님이 머물 때면 탐폰 심부름을 하거나 신상 맛집에 줄을 서서 점심 도시락을 사다 바쳐야 했다. 그럴 때마다 유주는 자신이 매니저가 아니라 잡부로 느껴졌다. 잡부라는 테두리에서 벗어나기 위해 유주는 스스로 한 가지 의식을 만들었다. 숍 매니저라는 직함이 박힌 명찰을 만지작거리는 것이었다.

'블러디 럭키 슈즈는 구두뿐 아니라 나 그리고 초록마녀의 삶도 진열된 곳이지. 진열된 구두처럼 나의 시간도, 그녀의 시간도 반짝반짝 잘 관리해야 해.'

그렇게 자신만의 의식을 치르고 나면 유주는 한결 편안해진 마음으로 그녀를 대할 수 있었다. 게다가 스물아홉에서 곧 서른이 되는 자신에게 생애 전환기 기념으로 선물을 해주기로 약속했다. 작은 작업실을 얻어 그림을 다시 시작하기. 그러기 위해서는 통장을 좀 더 불려야 했다.

자신에게 줄 선물을 위해서 유주는 자신의 시간을 구두와 초록마녀에게 바치고 있었다.

유주는 구두 매장에서 네 번째 5월을 맞이했다. 올 초, 그녀의 발에 무지외반증 초기 증상이 나타났다. 발견 당시엔 잠시 놀랐으나 지금은 툭 튀어나온 양 엄지발가락 아래 두 뼈를 타닥타닥 부딪치며 놀 정도로 무뎌졌다.

'어차피 맨발을 볼 사람도 없을 텐데.'

아예 무지외반증이 심해지면 수술해 버릴 테다.

그렇게 된다면 내 발은 정말 무난해지겠지.

유주의 아름답던 발은 팔리지 않는 구두 속에서 처참히 찌그러져 갔다.

구두 매장으로 오기 전 유주는 두 번의 연애를 했고 두 남자 모두 그녀의 발에 매혹 당했다.

발에 걸려 넘어졌다든가, 드라마처럼 풀어진 운동화 끈을 매어 줬다든가 그런 게 아니었다.

진정으로 두 남자는 유주의 발에 반해서 그녀와 만났다. 아니, 어쩌면 그녀의 발이 먼저 연애를 걸었고 유주는 그저 따라 갔을 뿐이었을지도 모른다.

유주는 자신의 신체 중 두 발이 가장 자신 있었다. 그녀의 발이 유달리 아름다운 건 그녀의 엄마 탓이었다.

'이 모든 것은 엄마 탓이야.'

대한민국 여자들이 엄마가 돼서도 한다는 그 엄마 탓.

대학에 떨어져도, 구두 굽이 부러져도 엄마 탓을 한다지만 정말

이렇게 된 건 유주의 엄마 잘못도 있었다.

"왕자가 유리 구두를 신은 신데렐라에게 반한 거 같니? 아니야! 유리 구두를 신고 있던 하얗고 매끄러운 발에 반한 거라고!"

유치원의 다른 애들처럼 예쁜 구두와 드레스를 사달라고 했을 때 유주의 엄마는 말했다.

왕자는 신데렐라의 하얀 발에 반한 거니까 너도 발을 예쁘게 가꾸라고.

녹슨 철사로 고뇌와 무념무상만을 만들던 설치미술가를 남편으로 둔 학습지 교사다운 발언이었다.

어쩐지 맞는 말 같아서 유주는 그때부터 발을 잘 가꾸었다.

볕에 그슬릴까, 샌들은 절대 신지 않았고 더운 여름에도 발목 양말을 신고 다녔다.

철들고서는 녹차 잎이나 레몬 조각을 띄운 물에 족욕도 종종했다.

반지하와 옥탑방을 전전하던, 평범한 외모에 평범한 성적표의 여자애가 무엇으로 튈 수 있었을까?

어쩐지 하얗고 예쁜 발의 여자라면 누군가에게 사랑받을 수 있을 거라고 생각했다. 레몬수에 통통 불어가던 발을 보면 유주는 자신이 특별해지는 듯했다.

특별한 발에는 특별한 주인이 어울리는 법.

유주는 좀 더 특별해지려고 예술을 하기로 결심했고 미대에 진학했다. 학습지 교사인 엄마보다 미술가인 아빠가 거세게 반대했다. 대한민국에서 가장 유명한 미대에 합격해서 반대를 일단락 지었다. 허나 유주는 1학년 때부터 현실을 깨닫게 되었다. 그녀보다 재능 있는 동기들에게는 재능으로 발목이 잡혔고, 재능이 없는 아이들에게는 돈으로 밀렸다.

살림 없는 집에서 미술가가 둘이나 된다며, 친척들은 모일 때마다 유주의 뒷담화를 해댔다. 어느새 유주와 유주 가족들은 친척모임에 발을 끊게 되었다. 덕분에 귀찮은 제사며 잡일에서 해방되었다며 엄마는 딸에게 처음이자 마지막으로 고마워했다.

그나마 위안은 유주가 그녀의 하얀 발 덕분에 학과에서 모두 탐내는 선배와 연애를 해봤다는 것이다.

"여기는 자리 못 옮기겠는데? 다리에 쥐가 났나 봐."

그날은 신입생 환영회 술자리였다. 후배들이 돌아가면서 선배에게 인사하던 시간이었다.

대학 근처 가장 큰 삼겹살집에서 커다란 냉면 접시가 술잔으로 돌아다니고 있었다. 유주는 자신의 차례가 오지도 않았는데 이미 취해 있었다.

아마 태오 선배 때문이었으리라.

태오는 유주보다 한 학년 위로 꽤 잘사는 집안의 아들이었다. 자기 소유의 차가 있었고, 백팔십이 넘는 큰 키에 웃는 얼굴이 서글

서글해서 인기가 많았다.

그런 태오의 옆에 유주가 인사차 앉았다. 왜 우리 학교를 지망했느냐, 좋아하는 화가는 누구냐 등등 식상한 질문과 대답이 오갔다. 두 사람의 시간은 불판 위에 타고 있던 삼겹살 연기처럼 빠르게 흩어지고 있었다. 평범한 스타일의 유주는 태오에게서 아무런 관심도 받지 못했다.

게다가 유주 역시 연애 기술을 걸 만큼 담대하지 못했다. 갓 스무 살의 여자아이가 과 내 모든 여자들이 좋아하는 남자에게 무엇을 할 수 있을까?

몇 분간의 인사 시간은 그렇게 지나버렸고 유주는 자리에서 일어서려고 했다. 그런데 유주는 비틀, 하다 그대로 주저앉아 버렸다. 테이블 아래로 태오의 손이 보였다. 태오가 마치 자기 자신의 발인 양 꽉 힘을 주어 유주의 발을 잡고 있었다.

화들짝 놀라서 태오를 보니, 천연덕스럽게 웃고 있었다. 그리고 유주가 쥐가 나서 자리를 못 옮긴다고 크게 외치듯 말했다.

그 바람에 모두의 시선이 유주에게 집중되었다. 술자리 모든 여자들은 유주가 태오에게 들이댄다고 여겼다. 질투심과 호기심으로 가득한 눈들이 유주를 턱 숨 막히게 했다.

그러든가 말든가 태오는 유주의 발을 잡고 놓아주지 않았다. 술 때문에 달아오른 손의 온도가 그대로 유주에게 전달되었다. 취기로 뜨거워진 손으로 태오는 테이블 아래 유주의 발을 부드럽게 쓰다듬었다.

"반달인 줄 알았어."

태오는 자리에서 일어서려던 유주의 발을 보고 잡을 수밖에 없었다고 했다.

하얀 반달처럼 빛이 났었단다. 그날 두 사람은 밤새도록 이야기를 나눴다. 술이 깬 다음 날, 유주는 어떤 이야기를 했는지 기억하지 못했다. 유주의 머릿속에 남은 건 '반달'이라는 한 단어뿐이었다. 남녀 사이에서 이야기의 볼륨 따위는 중요하지 않다는 것을 그때 처음 깨달았다. 그저 서로에게 반하기만 하면 됐다.

자신이 반해 있던 남자가 나에게 반했다.

이런 기적이 일생에 몇 번 일어날까?

그가 군대를 간 기간까지 합쳐 4년간 두 사람은 서로에게 흠뻑 빠져 있었다.

태오는 유주의 발에 자신이 빠져 있음을 숨기지 않았고, 겹겹의 마티에르로 정성 들여 그녀의 발을 캔버스에 담았다. 유주와 그의 섹스는 그가 유주의 발을 씻어주면서 시작되었다. 가끔 유주는 태오가 자신의 발을 먹어치우는 꿈을 꾸기도 했다. 그런 날이면 오천 원짜리 지폐를 줍던가, 듣기 싫은 교양 수업이 휴강되는 따위의 작은 행운이 어김없이 뒤따랐다.

참으로 행복한 나날만이 밑그림으로 그려져 있는 듯했다.

그는 다음 학기에 휴학과 함께 프랑스 유학을 할 예정이었다. 유주 역시 같은 꿈을 꾸기 시작했다.

'어쩌면 제지사업을 하는 선배 집에서 같이 유학을 보내주지 않을까?'

입 밖에는 내지 않았지만 슬며시 꿈꾸고 있던 찰나, 두 사람의 연애는 끝이 나버렸다.

두 기수 아래 신입생 환영회의 밤, 동기들이 증인처럼 앉아 있던 그날.

태오는 유주에게 했던 유혹의 기술을 신입생에게도 그대로 걸었다. 뻔히 유주가 곁에 있는데도 그의 본능은 거침없이 내달렸다.

"얘는 자리 못 옮기겠대. 다리에 쥐가 났나 봐."

수많은 눈들이 유주를 바라봤고, 이제 곧 태오의 전 여친이 될 유주는 그와 그 여자애가 앉아 있는 테이블 아래를 봤다.

불길한 예감은 들어맞았다.

테이블 아래, 태오는 신입생의 손을 으스러져라 꽉 잡고 있었다.

유주의 눈에 목격된 그녀의 손은 반달처럼 빛나고 있었다.

신입생의 손은 작고 하얀 빛을 띠며 아름다웠다. 그가 찾은 새로운 반달이었다.

그 고운 손에 비해 신입생은 통통한 살집에 평범한 얼굴로 볼품이 없었다. 그녀의 통통한 몸에 달린 손이 유달리 예뻤을 따름이었다. 마치 신입생의 몸 전체가 그녀의 손에 딸린 부록 같았다.

불균형.

그 순간 유주는 연인의 취향을 깨달았다.

보테르나 모딜리아니의 그림처럼 불균형의 아름다움을 사랑했던 것이다. 유주는 가방을 주워 매고 정신없이 술자리를 뛰쳐나왔다.

태오에게 다른 여자가 생긴 것보다 유주가 그의 취향에 들어맞는 모티브였다는 게 더 충격이었다.

'나 역시 발에 딸려 온 부록인가?'

그날 이후, 태오는 신입생을 열심히 꼬드겼고 곧 커플이 되었다. 태오는 이제 유주의 발 대신 신입생의 손으로 자신의 작품 리스트를 채워갔다.

휴학을 하려고 했으나 그들이 먼저 선수를 쳐서 유학을 떠났다. 태오만큼 부유했던 신입생의 집안에서 흔쾌히 딸의 유학 비용을 댔고 두 사람은 동등한 조건으로 프랑스로 향했다.

제지업자와 목재업자인 두 집안은 퍽 잘 어울려 보였다. 그 사이에 철사를 구부리며 빨간 펜으로 시험지를 긋는 집안의 딸은 들어설 자리가 없었다.

지구 반대편에 그녀 혼자 남겨졌고, 한국이라는 행성에서 유주는 생존 경쟁의 장으로 곧장 내달렸다.

졸업과 동시에 미술 강사며 백화점 판매직 등 여러 직업을 오가게 되었다. 미술 쪽 자리는 일찌감치 그녀보다 더 재능 있고, 유학

을 갔다 온 사람들의 몫이었다. 입시 과외는 피 마르는 일이라 일
년 만에 탈진해버렸다.

더 이상 자신이 특별하지 않음을 깨닫고 유주는 보통의 일을 찾
았다. 작은 카페의 벽화 그리기 아르바이트를 마지막으로 미술과
관련된 일은 모래처럼 사라졌다. 그 카페에서 서빙 아르바이트를
몇 번 도우면서 '임시'라고 여겼던 일이 '천직'이 되었다.

유주는 곧장 서비스직에 진입했다. 그리고 정신을 차리고 보니
백화점 명품 매장에 검정색 플랫슈즈를 신고 서 있었다. 2년의 시
간이 어찌어찌 흘렀고 VIP 고객으로 초록마녀를 만났다. 그녀가
구두 매장을 열면서 유주를 스카우트해 갔다.

마치 도로시가 눈 떠보니 집이 통째로 옮겨진 것처럼 유주 역시
회오리바람에 여기저기 실려 다닌 듯했다.

유주에게는 여러 켤레의 구두가 필요한 게 아니었다.

도로시처럼 딱 맞는 단 한 켤레의 구두가 필요했을 뿐이었다. 그
런데 어찌된 일인지 유주는 자신의 신발장에 맞지 않는 구두만 잔
뜩 모아놓은 기분이 들었다.

그렇게 스카우트된 게 벌써 4년이 다 되었고, 스물아홉이 되었다.

초록마녀의 매장으로 오기 전, 유주가 일했던 백화점 명품 매장
에서 그녀는 막내급이었다.

막내였음에도 유주는 제법 매출을 올렸다. 특별한 판매 기술이

있는 것도 아닌데 손님들은 유주를 편하게 여겼다.

명품 매장의 물건들은 꼭 그녀가 그렸던 그림과 비슷했다.

"이 옷, 고객님에게 잘 어울리시네요. 그런데 작년부터 유행했던 라인이라 아마 고객님 옷장에 비슷한 디자인이 있을 수도 있어요."

"이런 터치는 요즘 젊은 신진작가들에게 많이 보이는 작풍이거든요. 비슷한 그림이 있으실 거예요."

유주는 고객들에게 솔직한 정보로 선택의 기회를 주었다. 그런데 그녀의 진심에 일부 손님들은 승부욕을 느껴 보란 듯 사기도 했다. 본의 아니게 솔직함이 판매 노하우가 된 막내의 매출은 종종 매니저를 앞지르곤 했다.

매출 압박에 스트레스를 받는 직급인 매장 매니저는 때때로 유주의 매출을 훔쳐가곤 했다. 유주가 안내했던 손님이 그녀가 없는 틈에 오거나 잠시 다른 손님을 받고 있을 때 오면, 반드시 가로채 갔다. 원래는 먼저 안내했던 직원의 매출로 올리든가, 그 직원이 응대가 끝나면 손님을 돌려주는 게 예의였다. 그런데 이런 식의 가로채기는 한마디로 같은 건물, 다른 층에 콩 다방이 두 곳이나 오픈한 것과 마찬가지였다.

"막내니까, 이해하지? 난 애가 둘이고 남편은 냉장고 부품을 제조하는 중소기업 직원이라고!"

그런 핑계로 매장 매니저는 유주의 매출을 숨겨둔 케이크처럼 야금야금 빼먹었다. 그 덕에 분기별 우수사원이 되어 여행 티켓과 포상금을 챙겨서 가족들과 휴가를 떠났다. 그런데 문제는 다른 직원들도 유주를 만만하게 보기 시작했다는 점이었다. 매니저가 없는 날이면 다른 직원이 유주의 손님을 빼앗아갔다. 매니저가 숨겨둔 케이크를 모두가 갉아먹기 시작했다.

막내이다 보니 어쩔 수 없이 당하고만 있던 유주에게 의리를 지켜준 건 바로 지금의 사장이었다.

"윤유주 씨 어디 있어? 걔한테 살 건데."

초록마녀는 매장 직원들에게 공포의 대상이었다. 신상품이 나왔다 하면 몇 시간씩 씹고 뜯고 맛보면서 매장 안을 지배했다. 그녀를 응대한다는 건 하루 치 열량을 모두 소모하고도 남는다는 뜻이었다.

초록마녀가 유주를 챙겨준 날, 유주는 자신을 보듬어준 고마움보다 자신의 이름을 알고 있다는 게 더 공포였다.

그녀는 몇 달 후 구두 매장을 오픈하니 마음이 있으면 오라고 명함을 던져주고 사라졌다. 그녀의 매장으로 이직한 후 유주는 '해방'이라는 단어의 진짜 의미를 알게 되었다.

"다른 사람들이 네 것 뺏는다고 너도 같이 빼앗질 않더라고. 병맛인데 믿을 만해 보였어."

칭찬인지, 욕인지 모르겠지만 사장이 유주를 스카우트한 이유였다.

사장은 자신이 꽃미남들을 쫓아다닐 동안 믿음직하게 가게를 봐줄 파수꾼이 필요했다.

그 파수꾼으로 유주가 선택된 것이었다.

일 년에 두 번 하는 시즌 오프 외에는 하루에 서너 명이 손님의 전부였다. 비싼 고급 구두만 취급하다 보니 오는 손님들의 숫자는 정해져 있었다. 단골들이 대부분 매출을 올려주었고, 매출관리는 백화점보다 쉬웠다.

유주는 가게가 텅 비는 날에는 창고에 앉아 새 구두 냄새를 맡으며 다리를 주물렀다.

다리 마사지를 하면서 늘 자신이 그릴 그림들을 상상했다. 행복한 상상을 할 때면 다리는 빨리 풀렸다.

언제나 비슷한 나날이 계속될 줄 알았다.

특별히 부지런하지 않아도 되지만 느슨해질라치면 마녀의 습격으로 정신차려야 하는 적당 적당한 일상들.

그런데 먼지 같은 일상을 깨고 '그'가 나타났다.

오랫동안 잠자고 있던 그녀의 발이 움직이려 했다.

5월, 황사주의보가 있던 날.

마감시간인 아홉 시를 훌쩍 넘겼는데도 사장에게는 연락이 없었다.

문을 닫고 가라는 전화도 없고, 문자에 답도 없었다. 사장은 몇

주 전 새로 오픈한 가로수길 칵테일 바의 일곱 살 연하 바텐더를 열심히 쫓아다니고 있었다. 이럴 때일수록 몸을 사려야 한다. 괜히 허락 없이 마감했다간 화풀이용 인형이 되어 바늘에 군데군데 찔릴 수 있었다.

유주는 어쩔 수 없이 팔리지 않는 작년 시즌 구두마냥 오도카니 매장 한가운데 서 있었다.

그리고 '그'가 들어섰다.

황사 때문에 손님이 드물었던 터라 유주는 그가 무척 반가웠다. 그는 유주와 눈도 마주치지 않고 구두 진열대로 직행했다. 그리고 밑창이 화염에 타는 듯한 붉은 하이힐과 버건디 컬러의 스틸레토 힐을 골라냈다.

그가 고른 구두는 그의 '그녀'가 어떤 사람인지 단박에 떠오르게 했다.

펜슬스커트나 H라인 스커트가 어울리는 당당한 여성.

자신의 여자가 어떤 사람인지 그녀보다 더 정확히 그녀를 아는 남자 같았다.

남자는 구두를 고르는 취향에 걸맞게 매너도 좋았다. 비싼 구두나 명품을 팔아보면 안다. 돈을 쓰는 자들이 생각하는 매너가 어떤 것인지. 그들은 자신이 사는 물건의 가격표만큼 유주가 허리 숙여주길 바란다.

언젠가 기분 좋게 세 켤레의 구두를 계산한 40대 초반의 단골

이 있었다. 검정색으로 염색을 했지만 늘 머리 뿌리 쪽으로는 숨길 수 없는 빨간 머리가 보이곤 했다. 유주는 그녀를 앤이라고 불렀다. 아마 타고나길 빨간 머리인 듯했다. 사장 역시 그녀를 앤이라고 했는데 나이에 맞지 않게 니 삭스에 프레피 룩을 입어서였다.

앤은 호기롭게 쇼핑백을 집어들었다. 그런데 계산을 하려던 순간 눈에 밟히는 구두가 한 켤레 더 있었나 보다. 피렌체에서 질 좋은 가죽으로 만들어진 구두를 보며 망설이던 그녀가 갑자기 유주를 향해 고함쳤다.

"뭐야, 너 지금 나 무시하는 거야? 지금 그 태도, 안 살 거면 나가라는 거야?"

앤은 유주의 무례한 태도를 용서할 수 없다며 고래고래 소리 질렀다. 유주가 짝다리를 짚고 서 있었다는 게 화근이었다.

그날, 유주는 킬 힐을 신고 있던 탓에 발목이 아파서 잠시 짝다리를 짚고 서 있었는데 정작 본인은 그렇게 서 있는 줄도 몰랐었다. 폴더 핸드폰처럼 허리를 접었지만 이미 늦었다. 앤은 세 켤레의 구두를 유주의 발밑으로 집어던지고선 나가버렸다.

사실 앤이 이번에 고른 구두들은 그녀에게 어울리지 않았다. 차라리 사지 않은 게 다행이라 여기며 유주는 앤이 던진 구두들을 주워 담았다. 앤에게 악의는 없었다. 사람과 사람 사이에는 진심보다 오해가 넘치는 게 다반사다. 유주의 진심을 상술로 오해하고 명품 매장에서 물건을 사던 고객들처럼 말이다. 하지만 구두를 고통스럽게 한 건 용서할 수 없다. 유주는 사장에게 이 사실을 알렸고 사장은 보복 조치를 했다. 초록마녀는 앤에게 다시는 블러디 럭키 슈즈를 찾지 말아달라고 통보했다. 앤이 유주를 헐뜯으며 재차 항의하자 초록마녀는 단호하게 말했다.

"우리 가게 올 때마다 자랑하던 고객님 미술관에 가서 영상 한 번 틀어줘요? 제목은 돌아온 빨강머리 앤의 갑질인데, 어때요?"

그날 이후, 앤은 영원히 볼 수 없었다.

이 남자는 앤과 같은 부류와는 달랐다.

구두를 살 때 그는 애프터눈 티 세트에서 어떤 케이크를 먹을지 고르는 소녀처럼 행복한 얼굴이었다. 구두의 명칭도, 유명 디자이너도 모르지만 그는 순수하게 구두를 영접하며, 사랑하는 여자에게 바치는 즐거움에 빠져 있었다. 쇼핑을 하는 즐거움만 바랐지 직원이 그들의 혀로 자존감을 높여주길 바라지 않았다.

선물 받을 그녀와 유주의 발 사이즈는 36 1/2로 동일했다. 가장 많이 팔려 나가는 평균의 발사이즈였다. 남자는 유주에게 자신이 고른 구두를 신어달라고 부탁했다. 유주는 그와 그의 그녀를 위해 새 구두를 시착했다.

여러 켤레의 구두를 신는 동안 그는 행복한 눈으로 유주를 바라봤다.

'아마 이 남자는 자신의 연인이 이 구두를 신고 있는 모습을 상상하고 있겠지.'

유주는 얼굴이 달아오르고 말았다. 다른 여자를 상상하는 눈임을 알고 있었다. 허나 그였기에 그렇게 되고 말았다.

맨 처음에 골랐던 검정 에나멜 하이힐과 스틸레토를 계산하며 그가 말했다.

"여기 오면 안 되겠어요."

"네?"

"파시는 분이 구두가 다 잘 어울리시네요. 잘못하다간 파산하겠어요."

그의 말은 수작이 아니라 칭찬이었다.

그리고 일주일에 한 번꼴로 남자는 매장을 찾았고 매번 유주는 그를 위해 구두를 신었다.

이제 유주는 안 팔리는 구두가 아니라 잘 팔리는 구두를 마음껏 신어볼 수 있었다.

그는 매번 금방 팔릴 만한 구두를 골라내서 사라졌고, 그가 사라지고 나면 유주의 발은 다시 감금당했다.

그런 날이면 집으로 돌아와 그간 치워두었던 족욕기에 발을 담갔다. 미지의 손님 덕분에 자유를 맛본 유주의 발이 더 많은 자유를 원하기 시작했다.

분홍색 족욕기 온수 속에서 유주의 발은 꿈을 꾸었다. 그가 구두가 아니라 유주의 발을 납치해서 데려가는 꿈을.

발은 무지외반증 초기 증상으로 약간 형태가 찌그러지긴 했어도 아직 봐줄 만했다.

'내가 본 발 중에 가장 예뻐.'

순간 지웅이 떠올랐다.

유주는 곧장 기억의 바다 속으로 잠겨 들어갔다.

오랫동안 찾지 않았던 바다여서 헤맬 줄 알았는데 간단히 잠수
해버렸다.

백화점에서 2년 가까이 막내를 하며 매출을 빼앗겼을 당시.

유주가 다른 직원들에게 그대로 되갚아주는 진흙탕 싸움을 하
지 않았던 것은 안정된 연애 감정 덕분이었다. 마녀 사장은 그걸
유주의 천성으로 오해해서 스카우트했었다. 지금까지도 유주는
그녀들과의 신경전에 발목 잡히지 않게 해준 지웅에게 고마웠다.

누군가에게 순도 백 프로의 사랑을 받게 되면 세상이 내는 흠집
에 강해지게 된다. 손해를 봐도 순도 높은 사랑이 치유해주니까.

지켜야 할 것들이 있는 사람은 사회라는 전쟁터에서 부상당하고
코마 상태 직전까지 가도 다시 일어선다. 자신의 아이들 혹은 반
려동물의 행복을 위해 기꺼이 다시 다음 날 지옥 같은 일터로 나간
다. 유주에게 지웅은 그런 존재였다.

지웅은 유주가 일하는 백화점의 경호원이었다.

하루 두 번 주어지는 30분의 휴식 시간, 유주는 매장 직원 누구
와도 부딪히기 싫어서 직원 휴게소를 찾지 않았다. 직원 휴게소는

늘 백화점 각층의 정직원과 파트 타이머들로 꽉 차 있었다. 휴게소 안은 언제나 침묵만 흘렀다. 다들 지쳐 있어서 무음 모드의 핸드폰만 보든가, 선잠을 잤다. 아무도 서로를 신경 쓰지 않았으나 유주는 꽉 찬 침묵이 불편했다.

그래서 찾은 대안이 비상계단이었다. 그곳은 CCTV도 없었고 손님들도 없었다.

비상계단에 손수건을 깔고 앉아서는 졸거나, 억울한 일이 있으면 울곤 했다. 눈물이 날 때는 바닥에 깔아놓았던 손수건을 엉덩이 아래에서 빼서 닦았다.

그날도 엉덩이에 깔려 있던 손수건을 꺼내려던 찰나, 머리 위 계단 층에 서 있던 지웅과 딱 눈이 마주쳤다. 지웅의 손에는 휴대용 휴지가 들려 있었다. 아마 유주에게 건네려던 참인 듯했다. 유주와 시선이 부딪히자 얼굴이 빨개져서는 달아났다.

그날 이후 두 사람은 종종 비상계단에서 만났다.

유주는 지웅이 보는 줄 알면서 모른 척 구두를 벗고 다리를 쭉 뻗었다. 자신의 다리 끝에 매달린 맨발이 반짝 새하얗게 빛날 것을 예감하며.

지웅 역시 쉬는 척 연기하며 계단 아래 유주를 훔쳐보았다. 그리고 예감대로 지웅의 시선은 그녀의 발로 향해 있었다. 그의 달콤한 시선은 올이 나간 스카프를 반품하러 온 손님의 억지를 잊게 했다. 매장 매니저의 매출 장난으로 입은 상처 역시 사르르 녹

여버렸다.

유주는 자신의 발끝에서 시작한 그의 시선이 그녀의 허리, 목덜미를 훑고 정수리에 가닿는 상상을 했다. 그리고 달콤한 상상은 곧 현실이 되었다.

비상계단에 늘 유주가 앉던 자리에 지웅이 먼저 앉아 있었다. 두 사람은 다른 사람들에게 들킬까 싶어 여러 계단으로 옮겨 다니며 대화를 나눴다.

그리고 며칠 후, 손수건이 아니라 지웅의 무릎 위에 유주가 앉아 있게 되었다.

지웅과 사귄 후 그에게 물어보니 지웅 역시 정확히 유주가 상상한 순서대로 훑았다고 했다.

"뭐? 훑은 거겠지."

표현이 낯설어서 유주가 다시 물었다.

"아니, 내 눈으로 훑았다고. 네 발부터 시작해서 엉덩이, 허리 그리고 목덜미까지."

지웅의 경호원 사수가 그랬단다. 사람을 볼 때 눈으로 훔쳐보지 말고 입으로 먹어 삼키 듯 보라고. 녹기 시작한 아이스크림을 한 번에 먹어치워야 하는 것처럼 단 한 번의 시선으로 감시하라고 했다. 지웅은 철저히 사수의 말을 따랐고 그녀를 자신의 눈으로 집어 삼켰다고 했다.

연인이 된 지웅은 그녀에게 최선을 다했다. 예쁜 발이 힘들다고 전철역부터 업어서 집 앞까지 데려다주기도 했다. 유주의 자취방을 나설 때면 그녀의 구두를 먼지 하나 없이 닦아주곤 했다. 달콤하고 다정한 지웅은 유주를 취하게 했다.

그러나 마법은 오래 가지 못했다. 유주는 지웅과 늘 자신의 집에서만 만나는 게 답답했다. 지웅의 집을 구경하고 싶다고 했고, 망설이고 미루던 그는 어렵게 허락했다. 그의 집을 방문하고선 유주는 겁이 나버렸다. 15평 남짓한 다세대 연립주택 반 지하방에 친형과 둘이 살고 있었다.

지웅은 사고로 어린 나이에 부모님을 잃었고 형과 단둘이 살아왔다고 했다. 그나마 부모님이 남겨둔 보험금과 사고 보상비 덕분에 버티고 살았다고 했다. 그런데 형이 내년 초에 결혼할 예정이어서 집을 비워줘야 한다는 것이다.

지웅이 그녀를 사랑한 건 맞지만 이사 계획도 그 사랑 속에 포함되어 있었으리라. 유주는 태오의 유학 계획에 설렌 꿈을 꿨던 그 시절의 자신이 떠올랐다.

'태오 선배도 내 마음을 눈치 챘던 건 아닐까? 그래서 그 애랑 달아난 걸까?'

그러나 이내 유주는 그런 생각을 지웠다. 그 정도로 자신에게 관심 있는 남자가 아니었다. 오직 여성의 신체 일부분에만 집착한 사람이었으니까.

북향이라 어둑한 유주의 집을 보여줬을 때 지웅은 이상하리 만치 좋아했었다. 눈을 동그랗게 뜨고 아이처럼 뛰어다니며 이곳저곳을 둘러봤었다. 예전 주인이 박아놓았던 못을 빼주고 구멍 난 방충망도 메워줬다. 그날 왜 유달리 지웅이 들떴는지 유주는 그제야 짐작할 수 있었다.

'지웅과 살면 좋았을까?'

도자기 인형인 양 깨어질까, 유주보다 더 그녀를 아껴주었던 소년 같던 남자.

그러나 유주는 소년 같은 남자보다 그냥 '남자'가 필요했다. 삶의 무게를 지금보다 더 무겁게 하고 싶지 않았다. 그와의 사랑은 좋았지만 짐을 나눠들 만큼은 아니었다.

"집 때문에 나한테 들러붙은 거 아냐?"

일부러 지웅에게 모진 말을 하고 도어락 비밀번호를 바꿔버렸다. 비상계단에서 지웅의 싸늘해진 시선을 마지막으로 사랑은 그렇게 끝이 났다.

유주의 연애는 그녀의 맨발에서 시작되었고 그 시작된 곳에서 파괴되었다. 무슨 실연의 공식이 있는 듯했다. 다른 여자들도 그럴까 궁금했지만 비상계단을 잃어버리게 된 게 유주에게는 더 큰 문제였다. 이제 비상계단 대신 그녀 역시 다른 직원들처럼 휴게실에 끼여 앉게 되었다. 자리가 없으면 그곳에 비치된 안마의자에라도 몸을 뉘었다.

태오는 벅찬 높이의 스틸레토 킬 힐이었고, 지웅은 지나치게 낮은 플랫슈즈였다.

꽃미남 마술사에게 차이고 비련의 주인공이 된 사장님이 하루 종일 매장에 머문 적이 있었다.

유주는 그녀와 구두 이야기를 하던 중 그녀가 단 한 번도 가게의 구두를 신은 적이 없는 걸 알게 되었다. 지나친 칼 발이어서 매장에서 파는 구두는 죄다 사장에게 맞지 않았다.

그런데 왜 구두 매장을 하냐고 유주가 물었다.

사장은 오픈 토슈즈 밖으로 고개를 내밀고 있는 유주의 발끝을 툭 치며 말했다.

"책에서 봤는데 사람은 모두 자신의 구두 사이즈로 세상을 잰다고 하더라고. 난 내 사이즈를 정확하게 알고 있거든. 그래서 딱 그만큼의 욕심만 내는 거야."

초록마녀는 남자도, 물건도 자신이 가질 수 있는 건 금세 시큰둥해진다고 했다.

유주는 그제야 그간 마녀의 행적을 이해할 수 있었다. 그녀는 자신의 사이즈를 정확히 알고 있었다. 그래서 자신에게 맞지 않는 구두가 무엇인지 알았고, 자신을 결코 받아들이지 않을 남자가 누구인지 알았다. 발이 들어가지 않을 구두라는 걸 알고 쫓아다니는 건 비극이 아니었다. 결코 맞지 않는 구두라는 걸 모르고 쫓아다닐 때 그것이야말로 비극 중에 비극이었다.

'나에게 맞는 충실한 미들 힐 구두는 어디에 있는 걸까? 모두 다 맞는 구두를 신고 있는 거야?'

지웅과의 기억 때문에 유주는 족욕을 오래해버렸다.

발이 빨간 양말을 신은 양 빨갛게 변해 있었다. 주무르면 어쩐지 다른 모양으로 변할 것 같았다.

다른 모양으로 주물러버릴까? 그럼 다른 사람이 될 수 있으려나?

식어버린 족욕기의 물을 버리고 유주는 잠자리로 향했다.

발의 주인은 오랜만에 깊은 잠이 들었다. 꿈속에서 그림을 그리는 꿈을 꾸고 싶었지만 자신의 발만이 새하얗게 빛나고 있었다.

그리고 누군가 그녀의 발을 부드럽게 매만져준 것 같았다.

아니, 먹어치웠던가?

"목요일 저녁에 포장된 새 구두를 사서 차에 넣어놓으면 시간이 더 빨리 가는 거 같아요."

매번 같은 요일에 와서 쇼핑하는 이유를 물었더니 그가 대답했다.

그는 목요일 저녁 7시에서 8시 사이 매장을 찾았다. 회사에서 퇴근을 한 후 금요일을 맞게 될 그녀와 그를 위해 구두를 사러오는 듯했다.

그가 무슨 일을 하는지, 어디에 사는지 전혀 알 길이 없었다.

유주는 그를 위해 목요일 밤마다 그의 여자가 신을 구두를 신고 시연을 했다. 그리고 그는 그의 선택을 받은 구두를 자신의 차 보조석에 놓았다.

이것이 그와 유주가 지난 몇 달간 해온 의식이었다.

유주는 적당한 나날에 가해진 이 정도의 균열에 만족했다. 목요일마다 새로운 구두를 신을 수 있었고 사랑스런 시선을 받을 수 있었다. 그런데 어젯밤에 꾼 꿈 때문인지 뭔가 달라지고 싶었다. 잠시라도 그가 자신의 연인이 아닌 유주를 바라봐 줬으면 하는 마음이 들었다. 애인이 있는 고객에게 러브 사인을 보냈다간 해고당할지도 모르는데 말이다.

초록마녀는 쇼핑을 다니면서 그런 행태를 수없이 목격했고 아주 질색했다. 자신은 남의 사업장에서 연하남들에게 목을 매면서 말이다. 물론 자신은 그저 아름다운 피조물을 감상만 할 뿐이라며 맞섰지만 변명처럼 들렸다.

유주 역시 판매직을 하면서 숱한 수작질을 겪었다. 그때마다 그들이 불쾌해하지 않으면서 다음에도 찾아올 수 있을 만큼의 친절이 담긴 바디랭귀지를 보내려고 얼마나 노력했던가.

눈웃음의 농도를 조절하고 신체 접촉 시 불쾌하지 않을 정도만 그 접촉에 응하고 뒤로 물러섰다. 자신이 전문직 브레인임을 노골적으로 자랑하며 명함을 주는 이들도 있었다. 그럴 때마다 마치 은혜를 받는 양 두 손으로 신성하게 명함을 받았다. 그러나 손님이 객장 밖으로 나가면 바로 명함을 휴지통에 버렸다. 가끔 탐나는 손님도 있었지만 유주는 절대 휴지통을 뒤적거리지 않았다. 자신이 탐을 낸다면 분명 다른 여자들도 그럴 게 뻔했다. 그런 남자들은 선택의 폭이 넓었고 이미 괜찮은 여자 혹은 여자들이 있을 게 확실했다. 서비스직을 하면서 쌓은 데이터 덕분에 유주는 자신을 잘 지켜냈다.

자신만의 룰을 잘 지켜오던 그녀가 경계를 깨고 가게의 손님, 그것도 연인이 있는 남자에게 먼저 다가서려고 했다.

태오와 지웅과의 만남은 발의 계획 아래 안전한 테두리에서 진행된 연애였다. 그들이 먼저 그녀의 발에 반했고 그들의 구애에 적절히 반응했다.

'선을 넘으면 안 돼.'

마녀의 가게에서 마침내 얻은 평화로운 일상들이 깨어져선 안 될 일이었다. 아무리 유주에게 관대한 마녀라도 업장 내에서 연애는 용서하지 않으리라. 이곳에서 쫓겨나 다시 백화점 매장에서 실적에 고통 받기 싫었다. 그녀가 차곡차곡 쌓고 있는 통장 잔고는 언젠가 다시 그림을 그리는 데 쓰고 싶었다. 그러기 위해선 아직 이 일상이 그녀에게는 소중했다. 생각들이 소용돌이치며 그녀를 흔들었다.

이내 그가 나타날 시간이 되었고 소용돌이가 갑자기 멈췄다.

전면 통유리로 된 매장은 밖에서 보면 안이 훤히 보였다. 처음엔 이런 구조가 유주를 지치게 했다. 사람들의 시선에 감시당하는 느낌이었다. 잠시 시선공포증 초기 증상을 겪기도 했다. 사람들이 그녀가 아니라 구두가 된 그녀를 본다고 상상한 뒤로는 많이 좋아졌다. 그러나 불편하지 않을 정도지, 편안한 게 아니었다. 지금도 시선을 가장 많이 받는 위치에 둔 고객용 소파는 피해 다녔다.

그런데 지금, 그가 나타날 순간이 되자 유주는 고객용 소파에 앉았다.

어제 부지런히 마사지하고 족욕을 했던 맨발을 슬쩍 내놓았다. 밖에서 더 잘 볼 수 있도록 각도를 맞춰가며.

'맙소사!'

오랫동안 잊어버렸다고 여겼던 일을 유주의 발은 서슴없이 하고 있었다. 마치 자전거나 수영하는 법처럼 한 번 배우면 몸에 영원히 새겨지는 기술인 듯했다. 발이란 걷는 기관이 아니라 유혹을 위해 만들어진 것 같았다.

가장 아름다워 보이는 각도로 발목은 틀어졌고 발끝에서 도도한 아름다움이 흘러나왔다.

'반달 같아.'

'내가 본 발 중 가장 아름다워.'

태오와 지웅의 말들이 들리는 듯했다.

두 번의 실패를 겪고도 정신 차리지 못하다니 자신이 한심하게 느껴졌다.

게다가 여자가 있는 고객이었다. 초록마녀조차 건드리지 않는 한계선이었다.

받아놓은 욕조 물에서 온기가 빠져나가듯, 유주의 마음은 차갑게 식어버렸다.

한숨을 쉬며 딱딱하게 굳은 발을 제자리에 두려는데 그 자리에서 얼어붙고 말았다.

매장 통유리 너머 그가 서 있었다.

유주가 맨발로 허우적대는 모습을 다 지켜보고 있었던 거다.

얼마나 기괴해 보였을까…. 통유리너머 흰 발을 꼬아대며 혼자 앉아 있는 여자라니!

얼굴이 크리스찬 루부탱 구두 밑창처럼 붉게 된 건 거울을 보지 않아도 알 수 있었다.

숨자! 아니 달아나자!

아직도 팔리지 않은 겨자색 오픈 토슈즈를 찾아 신으려는데 너무 멀리 던져두었다. 얼른 낚아채려고 몸을 일으키려는데 발이 움직이지 않았다.

마치 바닥에 뿌리를 내린 듯 딱딱하게 굳어버렸다. 무지외반증이 한꺼번에 와버렸나?

일어서려 했지만 일어설 수 없었다. 그럴수록 허우적댈 뿐이었다.

유주의 곤란을 알아챈 듯 그는 문을 열고 들어서려 했다. 한 손엔 그의 손보다 더 큰 엄청난 사이즈의 커피를 들고서.

'안 돼! 그가 들어오기 전에 얼른 일어서야 해!'

유주는 그때까지 알지 못했다.

이 남자 역시 유주와 같은 연애 트라우마가 있다는 것을.

성민의 연애 동선

성민은 여자들이 싫었다.

정확히 말하자면 상품으로 둘러싸인 숲에서 그 과실을 진정으로 사랑하며 판매가 아니라 입양시키는, 프로페셔널하게 물건을 잘 파는 여자들이 싫었다. 그동안 네 번의 연애를 했고 모두 판매를 잘하는 여자들이었다.

첫 연애의 주인공은 성민이 디자인한 2인용 소파를 파는 판매 직원이었다.

디자이너라면 누구나 그러하듯 성민 역시 디자인한 가구들이 잘 팔리는지 궁금해서 매장을 찾곤 했다. 회사에서 가장 먼 매장을 방문했을 때 그녀를 만났다.

그녀는 성민이 소파의 디자이너인지 모르고 무한애정을 가지고 소개했다.

"4인용은 커서 앉거나 기대면 널브러지는 것 같잖아요? 이 소파는 안아주는 것 같아요. 외로운 날엔 포옹해주는 것 같고, 둘이 있는 날에는 단단히 묶이는 느낌이죠."

성민이 소파를 만든 디자이너라고 소개하자 그녀는 반가워하며 눈을 반짝였다.

손님들이 없을 때면 소파에 앉아 이 소파를 놓고 쉴 수 있는 베란다를 상상한다고 했다.

"어쩐지 이 소파는 집 안이 아니라 볕 좋은 베란다에 어울릴 거 같아요."

신기하게도 성민의 작업실은 베란다를 개조해서 널찍하게 만든 곳이었다. 볕이 잘 드는 그곳에서 이 소파의 디자인이 탄생했었다.

다음 날, 그녀의 집으로 소파를 주문해줬고 이후 성민과 그녀는 그 소파에서 같이 잠들곤 했다.

1년이 지나자 그녀는 4인용 소파를 원했고, 그 소파에 앉을 사람은 자신이 아니라고 못 박았다. 성민과 소파는 그녀의 원룸 밖으로 나란히 같이 폐기처분되었다.

그녀 이후 세 번의 연애가 있었고 그녀들과 가까워지기 위해 향수, 만년필 그리고 한정판 도서를 샀다. 허나 매번 그녀들은 다른 남자에게 향수를 뿌려줬고, 만년필 잉크를 채워줬으며, 한정판 도서를 주었다.

마지막 연애가 무참히 박살났을 때 다짐했다. 스스로 만든 취향의 함정에서 벗어나 새롭게 태어나리라!

싱글몰트 바에서 마지막 연애가 처참하게 깨진 후 휘청대며 길을 걷다가 그 매장을 발견했다.

통유리로 마감된 구두 매장에는 하이힐을 신고 여직원이 분주히 구두를 정리하고 있었다. 그 순간 성민은 그가 만났던 여자들이 편한 구두만 신었던 게 떠올랐다. 모두 매장에서 일하는 직업이다 보니 발과 다리를 편하게 해주는 디자인만 신었던 것이다.

'그래! 하이힐만 신는 여자를 만나자. 그렇다면 다른 타입을 만날 수 있을 거야.'

성민은 블러디 럭키 슈즈라는 말도 안 되는 간판이 걸린 그 매장을 찾기 시작했다.

그 매장에서 여자 구두를 산 건 이제부터 다른 타입의 '여자'를 만나기 위한 다짐이었다.

스스로의 약속을 깨지 않기 위해 구두를 사놓으려고 한 것일 뿐이었다. 그런데 구두 매장을 잘못 찾았다. 성민은 다시 함정에 빠진 것이다.

어느새 성민의 차 트렁크에는 여자 구두가 들어차기 시작했다.

그녀가 존재하지 않는 성민의 연인을 위해 구두를 신고 걸을 때, 성민은 직감했다. 송치구두의 결을 부드럽게 쓰다듬으며 '이 아이는 이렇게 쓸어주면 결이 정리돼서 새것같이 신을 수 있어요' 라고 말할 땐 차라리 눈을 감고 싶었다. 윤유주라는 명함을 가진 구둣가게 그녀에게 빠지고 만 것이다.

'다시는 함정에 빠지지 않겠어!'

성민은 다짐하고 벤티 사이즈의 커피를 샀다.

그동안 그 매장에서 샀던 구두를 모두 들고 그녀에게 커피를 쥐어준 후 말할 것이다.

"싹 다 환불하려고요. 여자 친구랑 잘해보려고 샀는데 필요 없어졌거든요."

여자 친구를 잡으려고 구두를 산 스토커처럼 보이겠지만 상관없었다.

유주는 이마에 불쾌한 주름 따위 잡지 않을 것이다. 최대한 성민의 기분을 상하지 않게 구두의 상태를 체크한 후 환불해줄 것이다. 그녀는 구두의 숲에 사는 여왕이니까 끝까지 우아함을 버리지 않으리라.

성민이 나가고 나면 그녀는 커피를 입도 안 대고 화장실 세면대에 버릴지도 모른다.

안녕, 사귀어보지 못했고 사귀지도 않을 내 사랑, 뒤돌아보지 않겠다. 당신의 얼굴을 보려고 돌아섰다간 소금기둥이 될지도 몰라. 눈물바다로 녹는 건 사양이다.

그렇게 다짐을 곱씹으며 성민은 한 걸음, 한 걸음 유주의 가게로 향했다.

유주와 성민의 연애 동선

성민이 가게에 다다랐을 무렵.

유주는 갑작스레 발에 쥐가 나서 도통 움직일 수 없게 되어버렸다.

애는 자리 못 옮기겠대. 다리에 쥐가 났나 봐.

유주는 차라리 이대로 사라져버리고 싶은 심정이었다.

"어디 안 좋으세요?"

어느새 매장 안으로 들어온 성민이 유주 앞에 서 있었다.

"아무것도 아니에요. 그냥 쥐가 좀 났나 봐요."

퍼뜩 일어서려는데 유주의 생각과 달리 다리는 움직이지 못했다.

부끄러움에 어쩔 줄 모르겠는데 갑자기 성민이 무릎을 꿇고 앉았다. 그러더니 유주의 다리를 부드럽게 주무르기 시작했다.

"저기, 손님, 괜찮거든요. 제가 알아서 할 테니까 손을 좀…."

당황한 유주가 다리를 빼려고 하자 성민은 더 꽉 그녀의 다리를 잡았다.

그리곤 말없이 계속 마사지를 했다. 헤어진 전여친들의 피로한 다리를 성심껏 주물러줬던 것처럼, 마치 이 일이 자신의 직무인 듯 진지하고 성실했다. 그 모습에 유주는 그대로 자신의 다리를 맡길 수밖에 없었다.

유주의 다리를 주무르는 성민의 손이 적당히 미적지근했다. 성민 역시 매끄럽고 투명한 그녀의 피부가 양 손으로 느껴졌다.

통유리 너머 사람들이 두 사람을 흘끔대며 지나쳐갔다. 그 모습이 좋아 보였는지 하얀 머리의 할머니가 빙긋이 웃었다. 곁의 노신사도 따라서 미소 지었다.

시선들이 따뜻하게 유주와 성민을 감쌌다. 유주가 한 번도 본 적 없는 풍경이 눈앞에서 흐르고 있었다.

점점 유주의 다리에 따뜻한 피가 흐르기 시작했다. 이제 다리를 움직일 만큼 충분히 유연해졌다. 성민의 손에서 벗어나도 되건만 유주는 다리가 불편한 듯 그대로 앉아 있었다.

'조금만 더 시간을 늦추고 싶어.'

성민은 알지 못하고 마시지를 계속했다. 그러다 문득 환불하려고 가져온 구두를 매장 밖에 둔 게 기억이 났다.

'누가 가져가면 어쩌지? 지금이라도 나가서 가져올까?'

하지만 여기서 멈춘다면 이 순간이 깨어질 것 같았다.

"이제 괜찮은 거 같아요."

성민의 망설임을 느꼈는지, 유주가 살짝 그의 손을 밀쳐냈다.

유주는 멀리 떨어져 있던 겨자색 오픈 토슈즈를 찾아 발을 밀어 넣었다.

유주가 신발을 신자마자, 성민은 불쑥 커피를 내밀었다.

"사실 저 여자 친구 없어요."

"네?"

"그러니까 남자 친구 있냐고요."

갑작스런 말에 유주는 깜짝 놀라 성민을 쳐다봤다. 성민 역시 당황해서 횡설수설하기 시작했다.

"아니, 제 말은 사실 구두 주인이 없거든요. 그리고 지금…. 맞다, 구두!"

허겁지겁 성민은 가게 밖으로 튀듯이 나갔다. 다행히 구두가 담긴 쇼핑백들은 얌전히 자리를 지키고 있었다.

그런 성민의 등 뒤로 유주가 서 있었다.

"이게 다 뭐예요?"

성민은 얼굴이 잔뜩 붉어져서는 유주 쪽을 바라봤다.

"그동안 여기서 샀던 구두들인데 주인이 없어요. 그래서 들고 왔어요."

"혹시 환불하시려고요?"

주춤주춤 성민은 자리에서 일어섰다.

"그건 아니고요. 혹시 남자 친구 있어요?"

성민은 다시 유주를 향해 물었다.

그의 얼굴에 불안과 긴장이 가득했다.

유주 역시 불안했다. 그걸 감추기 위해 성민을 향해 애써 미소를 지었다.

어쩐지 자신이 얻게 될 작업실에서 그릴 첫 번째 그림이 지금 이 장면이 될 것 같았다.

성민이 주인이 없는 구두를 들고 성큼 유주에게로 한 걸음 다가섰다.

구두코들이 부딪히는 소리를 내며 그녀에게 안겼다.

그 사람의 마음을 안다는 것

"내 꿈은 작은 화실을 갖는 거야."

처음 들어보는 대학 친구의 꿈이었다.

늘 가깝다고 여기던 사람의 난생 처음 듣는 꿈 이야기.

그저 생뚱맞고 어리둥절해서 그때는 별 말을 하지 못했다.

그런데 그날 이후, 화실이라는 단어는 울림을 가지기 시작했다.

자신만의 화실을 꿈꾼다는 말을 듣고 나서야 그녀에 대해 다시 생각할 수 있었다.

친구는 큰 회사의 영업파트에서 대리로 일하고 있었다.

언제나 밝고 씩씩해서 맡은 일은 모두 해내고야 마는 스타일이었다.

깐깐한 바이어는 모두 그녀가 전담할 정도였다. 그녀가 휴무일 때도 그녀의 전화는 늘 바쁘게 울렸다. 회사의 동료들은 모두 그녀를 통해 위안과 안심을 얻었다. 가족들 역시 그녀에게 의지했고 친구들에겐 24시간 열린 고민 상담자였다.

정작 그녀는 위안과 안심을 어디서 얻었을까?

친구에게 그림이 그런 존재라는 것을 꽤나 늦게 안 셈이었다.

그녀의 다이어리에 혼자서 그린 그림들이 빼곡한 것도.

그녀가 그렇게 오랫동안 그림을 빼곡히 채워 넣을 동안 난 왜 아무 것도 몰랐을까?

그녀가 모두의 상담자가 된 건 자의였을까, 타의였을까?

아프고 힘든 유년시절을 겪었던 탓에 그녀는 타인의 상처를 누구보다 빨리 알아챌 수 있었던 듯했다.

그래서 그 아픔에게 먼저 말을 걸었고 남이 상처받는 것보다 자신이 받는 것을 선택했으리라.

나 역시 그녀는 성숙한 사람이니 의지해도 괜찮다고 여겼다.

누군가를 안다는 건 깊이를 알 수 없는 일.

그 긴 시간 동안 그녀를 제대로 알고 있었던 걸까?

그 고백 이후, 친구와 난 자주 전시회를 다니기 시작했다.

그 전에도 같이 그림을 보러 가곤 했지만 그저 감상을 위한 시간일 뿐이었다.

이제 전시를 돌때면 그녀가 그리고 싶은 그림을 같이 상상했고 좋아

하는 화가의 그림을 찾아다녔다.

그럴 때마다 그녀의 얼굴은 한 번도 본 적 없던 생기로 빛났다.

그런 얼굴빛을 어떤 말로 표현해야 할지 아직도 잘 모르겠다.

그녀는 몇 번의 연애를 했고 그 순간마다 곁에 있었지만 그때도 보지

못했던 얼굴이었다.

꿈을 품은 사람은 그 꿈을 닮아간다고 했다.

그녀의 오랜 꿈이 밝은 빛으로 뿜어져 나온 것일 테지.

"왜 진작 말하지 않았어?"

섣부른 질문에 그녀다운 대답이 돌아왔다.

"너무 소중하니까. 말하면 달아날까 두려웠어."

아직도 그녀의 화실을 구하는 건 현재 진행 중이다.

언젠가 그녀가 가질 화실은 그림만 그리는 곳이 아닐 것이다.

안심과 위안 그리고 자신에 대한 사랑도 같이 담기는 곳이겠지.

그러므로 그녀를 위한 작은 찬가 하나.

수없이 그리고 지웠을 그림이 그곳에 걸려 있기를.

처음으로 완성하는 그림 속에는 너를 사랑해줄, 혹은 사랑하고 있을 누군가도 같이 담겨 있기를.

그 사람은 네가 그림을 그리느라 온종일 앉아 있는 것이 안쓰러울 거야.

어쩌면 짧은 산책을 권할지도 몰라.

그 핑계로 너의 손을 슬쩍 잡겠지.

산책을 위해 사왔다며 너를 위한 새 구두를 꺼내놓으면서.

Part 2

맑음 씨의
솔메이트 어플 사용법

진눈깨비를 머금은 바람이 휘몰아쳤다.

습도 높은 눈은 빨간 하프 코트 밖으로 춤추던 시폰 주름 레이스 자락을 단박에 적셔버렸다.

'안 돼!'

맑음은 레이스를 지키려고 우산을 꺼냈지만 늦어버렸다. 하늘거리던 시폰 레이스는 며칠간 감지 않아 축 처진 기름먹은 앞머리 마냥 늘어졌다. 더불어 맑음의 기분도 가라앉았다.

'분명 오늘 모임도 엉망일 거야.'

벼르고 별러서 산 30만 원이 넘는 원피스는 진눈깨비 덕분에 3백만 원짜리 저주로 변했다.

맑음은 한껏 우울해져서는 '임대' 딱지가 붙은 문 닫힌 상가 건물의 차양 아래로 들어섰다.

'이대로 돌아갈까?'

이런 불운한 모습이라면 모임에 가봤자 아무도 자신을 원하지 않을 듯했다.

갈지, 말지 마음속 내비게이션이 오류에 걸려 이러지도 저러지도 못하던 그때였다.

맑음의 가방 속에서 낯선 신호음이 울렸다. 한 번도 들어보지 못한 신호음이라 맑음은 자신의 핸드폰에서 울리는 건 줄 알지 못했다.

마침 지나가던 아주머니의 품속 포메라니안이 핸드폰 소리에 요란스레 짖어댔다. 그때야 맑음은 알아채고 가방 속 핸드폰을 꺼내 들었다.

솔메이트 접근 중! 1km 반경 내에 있음

핸드폰 화면엔 어플에서 보낸 메시지 창이 떠 있었다.

'솔메이트…?'

아하, 한참 만에 기억 저편, 먼 곳에서 떠올랐다. 한 달 전 회식 자리에서 회사 동료 주희가 깔아준 어플이었다.

싱글들의 솔메이트를 찾아주는 앱인데 자신의 솔메이트가 나타나면 신호를 준다고 했다. 요즘 싱글들이 만났다 하면 이 어플 얘기만 한다며 맑음에게도 재미삼아 깔아보라고 했다.

"제 솔메는 유기묘더라고요."

스물여덟 살의 주희는 인생 통틀어 연애 경험이 없는 모태솔로였다. 그러다 보니 남자 친구 만들기가 인생 최대의 목표였다.

주희는 여자들 사이에서는 꽤 재치도 있고 말도 잘하는 편이었다. 그런데 웬일인지 이성 앞에서는 얼어붙고 긴장해서 엉뚱한 말만 내뱉었다. 대부분의 소개팅과 소개팅을 가장한 술자리 만남은 성공률 0%로 끝나버렸다. 친구들도, 회사 동료들도 그녀에게 만남을 주선하는 횟수가 줄어들었다. 게다가 서른이라는 나이가 점점 가까워지고 있었다.

주희는 초조해졌고 타로 가게와 철학관을 찾기 시작했다. 그러면서 맑음에게 용한 타로 가게가 있다면서 알려주곤 했다. 맑음 역시 남자 친구가 없었고 주희보다 일 년 더 빨리 서른을 맞을 테니 같은 심정이라 여겼다.

"아홉수? 서른 성장통? 그거 다 미신 같은 거야. 믿으면 고통스러워지는 거고, 믿지 않으면 아무 일없이 평화롭게 사는 거야. 애써 우리 인생에 그런 해시태그를 붙여서 고통스럽게 살지 말자고요."

맑음은 주희가 자신을 같은 카테고리로 묶으려고 할 때마다 이런 말들로 무시했다.

그렇다고 주희가 카톡으로 찍어준, 99% 맞다는 타로 가게의 구글 맵 위치까지 지울 만큼 마음이 강한 것도 아니었다.

"올해는 돈이나 승진은 있는데 연애는 욕심을 버려야 하겠네요."

남자에게 욕심을 버리라는 소리는 맑음이 철들고 본 대부분의 타로 가게나 철학관에서 들은 이야기였다.

"원래 한꺼번에 둘 다 들어오지 않거든요. 하나가 들어오면 하나는 막히니까 둘 다 가지려고 하지 마세요."

이것도 역시 수많은 점술가에게 들었던 말이었다. 그들에게 무슨 매뉴얼이라도 있는 듯 맑음에게 비슷하게 말했다.

'당신은 사랑받지 못할 거예요.'

한 마디로 그 말인 거다.

제대로 된 사랑을 못할 거라는 저주.

그러고 보니 제대로 된 연애를 해본 적이 있었던가?

맑음이 잘해주려고 하면 '그'가 도망쳤고, '그'가 잘해주려고 하면 맑음이 달아났다.

"이젠 남자를 어플로 찾는 거야?"

"남자가 아니라 솔메이트라니까요."

일본식 주점에서 회식이 거의 끝날 무렵이었다.

마지막까지 남은 새우튀김 하나를 반씩 나눠먹고 일어서려던 때, 주희가 난데없는 이야기를 꺼냈다.

맑음은 초등학생들이나 믿을 아이템이라며 핀잔을 주면서도 호기심이 났다. 어쩌면 4차혁명의 빛나는 아이템이 자신에게 걸린 해묵은 저주를 풀어줄지도 모를 일이었다.

맑음은 주희가 어플을 까는 걸 못 본 척했다.

사실 맑음도 주희처럼 모태솔로였다.

몇 번의 연애 경험이 있다고 했지만 모두 미적지근한 썸의 경계에서 머물다 사라졌다.

스물아홉 살의 여자가 연애 필드에서 아무런 경험이 없다고 알려지는 순간 불쌍하게 보이는 건 기본이고 무시까지 당한다.

맑음의 눈에도 회식 자리에서 당당하게 모태솔로인 걸 밝힌 주희의 얼굴 밑으로 '매력지수 제로' 라는 창이 떴다가 사라지는 것처럼 보였다.

맑음은 주희에게 자신은 마지막 연애 때 너무 나쁜 놈을 만나 남자에게 질렸고, 지금은 휴식기를 보내고 있다고 했다.

주희는 이내 맑음에게 연애상담을 해왔다. 재활용 쓰레기를 버리기 위해 엘리베이터에 탈 때마다 부딪히는 같은 동 남자가 썸인지 아닌지, 소개팅 남자가 보낸 문자가 그린라이트인지 아닌지.

주희가 물고 온 대부분의 상담 건은 썸은커녕 썸 씨앗으로 쓸 것도 못 되었다. 그냥 부딪히는 시선에도 주희는 연애 레이다를 작동시켰다.

"이게 다 서른 살의 저주 때문이라고요."

주희 역시 자신이 연애에 지나치게 목매는 것을 알고 있었다. 그럴 때면 어김없이 나이 탓을 했다. 2년 후면 바뀌게 될 앞자리 숫자가 자신의 운명을 구겨놓고 있다고 비장하게 말했다.

"작가님은 제 마음 이해하시죠?"

그 한탄 후 주희는 어김없이 맑음에게 되물었다. 이제 곧 1년 후면 먼저 앞자리 숫자가 바뀔 인생 선배니까 같은 마음이라 여겼기 때문이리라.

하지만 맑음은 진심으로 그녀가 자신보다 먼저 솔로의 저주에서 풀려나길 빌었다. 사실 옆자리 동료가 더 심하게 안달복달하니 자신은 초연해질 수 있었다. 만약 그녀가 없었다면 맑음 역시 어떤 상태로 아홉수를 버티고 있을지 모를 일이었다. 그런데 주희의 저주를 풀어준 건 '왕자님'이 아니라 버려진 고양이였다.

아니, 더 정확하게 말하자면 솔메이트 찾기 어플이 그녀에게 딱 맞는 고양이 왕자님을 매칭시켜 준 것이었다.

주희가 어플을 구동시킨 지 삼 일째, 솔메이트를 찾았다는 신호가 그녀의 핸드폰에서 울려댔다. 그 호출음을 따라가 보았더니, 아파트 화단 아래 새끼 유기묘와 딱 마주쳤다고 했다.

"오늘은 사이다가 먼저 내 발 사이로 들어와 비벼대더라고요."

유기묘 옆으로 녹색 사이다 병이 뒹굴고 있어서 주희는 고양이를 사이다라고 불렀다.

연애 필드에서 처참히 패배한 후 피폐해질 대로 피폐해진 패잔병은 사이다에게 푹 빠졌다.

사이다에게 먹이와 물을 갖다 주며 가족임을 자처했다. 맑음이 집에 데려가서 키우라고 했더니 같이 사는 부모님이 털 알레르기 있어서 안 된단다.

"요즘 같아서는 독립할까 싶어요. 사이다랑 자유롭게 살고 싶더라고요."

월세와 보안 문제 때문에 절대 혼자 살 수 없다던 20대 여성이 버려진 고양이 때문에 독립하겠다니.

작은 고양이가 주희의 삶에 커다란 파장을 냈고, 주희는 그 파열에 담담히 진동하고 있었다. 누구보다 바쁘게 원룸을 알아보고 고양이의 안전을 보살폈다. 고양이 이야기를 하는 그녀의 열띤 얼굴은 이때껏 맑음이 봤던 모습 중 가장 예쁜 얼굴이었다.

"누군가 지금의 주희 씨 얼굴을 봤다면 분명 반할 텐데. 사이다 얘기할 때마다 생기 넘치는 거 알아?"

"작가님이 보시기에나 그런 거죠."

수줍게 말하는 주희의 입매 역시 고왔다. 그 어느 때보다 주희는 안정적이었고 부드러워졌다. 회사 동료들도 그런 주희의 모습에 적잖이 안심했다. 모두들 말은 하지 못했지만 일 하나는 똑 부러지게 하는 동료가 연애 때문에 고통스러워하는 걸 내심 걱정하고 있었다.

수많은 소개팅도, 타로 카드도 찾아주지 못하던 길을 핸드폰 어플이 찾아줄 줄이야.

'내 길도 찾아주려나?'

맑음은 주희의 모습에 작은 희망을 가졌다. 그러나 밀려드는 격

무로 핸드폰에 깔렸던 어플 따위는 까맣게 잊어버리게 되었다.

맑음은 게임회사의 시나리오 개발팀 작가가 된 지 2년차로 접어들었다.

게임 개발자에서부터 프로그래머까지 죄다 남탕인 직장에 들어가게 되자 쾌재를 불렀다.

여탕이던 드라마 작가 세계에서 남탕으로 옮기게 되자 이제 연애를 시작할 수 있을지도 모른다는 기대를 했다.

허나 게임이든, 드라마든 반전이 있어야 관객들에게 먹히는 법.

그 중 주인공 캐릭터의 불행이야말로 제일 잘 먹히는 카드다.

맑음의 연애 시뮬레이션도 예상과는 다르게 흘러갔다.

바로 주희가 그 반전카드였다. 맑음이 마음에 담았던 개발팀 직원 민규를 주희 역시 좋아했다. 주희는 민규와 회의할 때마다 시선을 던졌고 점심 식사를 같이 하자며 쫓아다녔다.

당연히 민규는 주희가 신종 바이러스인 양 작가팀 데스크를 피해다녔다. 그리고 그 바람에 민규가 회사 내 다른 부서의 여직원과 비밀 연애 중임이 밝혀졌다. 하도 주희가 쫓아다니자, 보다 못한 연인이 단톡방에서 사귄다고 고백해버린 것이었다.

주희 덕분에 맑음은 자연스럽게 마음을 정리할 수 있었다.

하지만 공개연애는 오래가지 못하는 법.

민규의 연애가 공개된 지 얼마 되지 않아 두 사람은 헤어져버렸다. 주희는 어플이 찾아준 고양이에게 마음을 빼앗겨서 더 이상 민규에게 마음을 두지 않았다. 맑음 혼자 민규를 마음에서 놓지 못하고 언저리만 헤매던 중이었다.

그가 이번 주 주말, 클라이언트의 소개로 소개팅을 한다는 소문이 들렸다. 소문은 맑음의 마음을 진눈깨비 섞인 돌풍처럼 흔들었다.

민규는 자기가 보기에도 멋진 남자였다. 게임 개발자인데도 못하는 운동이 없을 정도로 운동광이어서 탄탄한 몸을 가지고 있었다. 비즈니스 화법 역시 뛰어나서 클라이언트와 문제가 생기면 다른 부서에서도 자문을 구할 정도였다. 그러니 민규가 싱글이 되었다는 소식이 알려지자마자 소개팅이며 맞선 건수가 순번 대기표를 줄줄이 뽑고 기다릴 밖에.

맑음도 홧김에 인터넷에서 하는 싱글 모임을 신청했다. 일대일 소개팅보다 다수의 남자를 만날 수 있으니 성공 확률이 높으리라 여겼다. 그래서 난생 처음 시폰 원피스란 걸 사 입고서는 모임 장소로 향하는 중이었다.

민규가 같은 하늘 아래 어디선가 소개팅을 하고 있을 토요일 이 시간에. 진눈깨비를 피해 낙타 혀 마냥 축 늘어진 쉬폰 원피스를 입은 채 말이다.

그리고 하나 더, 덤으로 솔메이트 어플의 알림음이 배경음악으로 깔린 채.

맑음은 망설이다가 그대로 어플을 종료했다.

고작 혈액형, 키 그리고 해가 지나면 바뀌는 취미 목록 따위로 어떻게 연인을 찾을 수 있을까? (그러면서도 맑음은 마음속으로 반경 1km가 어디쯤인가 가늠해보았다)

상가 차양 밖으로 고개를 내밀어보니 눈발이 잔잔해졌다. 맑음은 원피스를 탈탈 털어 라인을 정리한 후 모임 장소를 찾아 나섰다.

분명 D대 앞 오른쪽 두 번째 블록, 달콤커피 위 3층이라고 했다.

"그 카페 건물 3층에 블랙데이 호프예요."

그렇게 말한 모임 주선자, 로맨틱 가이의 목소리가 아직도 생생하다.

이 근방에 D대는 여기가 유일하다. 그런데 달콤커피는 눈 씻고 봐도 없다. 사람들에게 물어도 이상하다 싶으리 만치 길을 가르쳐주는 방향이 제각각이었다.

D대에 들어가서 경비 아저씨에게 물어봐도 학교 근방엔 달콤커피같은 건 없다고 했다.

지도 앱이 지시하는 대로 걷고 또 걸어봐도 모임 장소는 나오지 않았다.

그때 또 다시 솔메이트 앱의 알람이 울렸다.

솔메 접근 중! 500m 반경 내에 있음

'어라? 분명히 앱을 종료했는데 왜 울린 거지?'

맑음은 다시 어플을 종료시키려다 멈췄다.

그런데 도대체 이걸 개발한 개발자는 누굴까?

솔로를 희망고문하는 이따위 불손한 앱을 만들다니!

맑음은 앱을 설치한 사람들이 달아놓은 후기를 펼쳐보았다. 아니나 다를까 주희처럼 엉뚱한 만남을 가진 사건들이 속출했다.

'우리 친오빠가 솔메였네. 토 쏠려'

'막다른 골목길에서 버려진 냉장고랑 마주보고 서 있네요, 눈에서 땀이 찹니다. 젠장'

후기 글에 질려 아예 앱을 제거하려고 삭제 버튼을 누르려는 순간, 달리던 승용차가 맑음 곁 물웅덩이를 세차게 밟고 지나갔다. 진눈깨비가 녹은 물이 여기저기 불운의 웅덩이를 만들어놓았다.

맑음은 피하지도 못하고 그대로 구정물을 뒤집어썼다.

'이게 뭐람!'

맑음은 자신을 바라보는 시선에 그대로 주저앉고 싶어졌다. 빠른 속도로 한 블록 너머로 보이는 아울렛 매장으로 직행했다.

3층 여성복 매장으로 올라서자마자 50% 세일하는 매대가 펼쳐져 있었다. 그곳에 목 주변에 흰색 옷깃이 달린 검정 벨벳 원피스가 수북이 깔려 있었다. 벨벳은 재작년 즈음 한창 유행하던 아이템이었다. 공장 재고 창고에서 꺼낸 듯 옷들은 죄다 후줄근했고 구겨져 있었다.

그러든가 말든가 그저 옷을 바꿔 입고 싶은 소망뿐이었다. 그것도 저렴한 가격이면 더더욱! 이제 젖어버려 30만원이 아니라 3천원 구실도 못하는 새 원피스로 인해 통장은 이미 텅 비어버렸다. 매장 직원과 함께 매대 속에서 가장 멀쩡해 보이는 원피스를 골라 입었다. 막 벨벳 원피스를 계산하고 나오려는데 '솔메 접근 중! 100m 반경 내에 있음'이라는 알림창이 또 떴다.

순간 몸에서 순식간에 분노가 피어올랐다. 입고 있는 도톰한 벨벳 원피스도 다 불태울 만한 전의였다. 진눈깨비가 망친 원피스도, 모임 장소를 찾지 못해 헤매던 것도, 짝사랑하던 민규가 소개팅을 하고 있다는 사실도 모두 깡그리 잊혀졌다.

'그래! 어떤 솔메가 나랑 마주칠지 두고 보자. 길고양이든, 버려진 냉장고든 다 받아주겠어!'

맑음은 사진으로 찍어 자신의 후기를 올리기로 마음먹었다.

'희망고문 그만하세요! 연애불능자의 절망을 당신이 아나요? 길고양이가 짝이라면 좋겠어요? 웃자고 하는 말에 죽자고 덤빈다고요? 발정 난 길고양이랑 냉장고에 같이 넣어 드려요?'

앱 개발자 놈! 격렬하게 씹어줄게.

맑음은 솔메이트 어플의 알림창을 눌렀다. 그러자 앱이 기다렸다는 듯 핸드폰 창에서 떴다. 마치 조지아 오키프의 그림 속 커다란 꽃처럼 활짝 피어올랐다. 앱 프로그램은 지도 위 붉은 점을 격렬히 깜빡거리고 있었다. 붉은 점은 맑음이 서 있는 지점이었다.

그녀를 중심으로 반원이 그려져 있는데 100m 구간에 파란 점이 깜빡거렸다. 바로 그녀의 솔메이트로 지목된 사람이나 사물 혹은 외계의 생명체 뭐 그런 정체불명의 것이었다.

무슨 청실홍실도 아니고 여자는 빨간 점, 남자는 파란 점이라니.

그럼 게이 커플은 둘 다 파란색이려나?

4차혁명의 발명품치고는 너무 촌스러운 형태였다. 맑음은 잠시나마 이런 촌스러운 아이템에게 희망을 걸었던 자신이 한심하게 느껴졌다.

정체불명이 서 있는 지점은 맑음이 서 있는 매장을 지나 엘리베이터 홀 근처였다.

맑음은 속으로 헛웃음을 터트리며 앱이 가리키는 지점으로 향했다.

앱의 파란 점은 막 엘리베이터 안으로 들어서고 있었다. 다행히 외계인도, 고장 난 냉장고도 아닌 사람, 그것도 남자 사람이었다.

갑자기 맑음의 핸드폰에서 우렁찬 축하 음악과 함께 폭죽 터지는 효과음이 울려 퍼졌다.

축하드립니다! 솔메이트와 만나셨군요

맑음이 놀라 남자 쪽을 바라보자 그가 엘리베이터 안에서 닫힘 버튼을 누르고 있었다.

"잠깐만요!"

외친 보람도 없이 엘리베이터는 문이 닫혀버렸다. 얼핏 두터운 회색 후드티에 검정 청바지를 입은 듯했다. 남자를 실은 엘리베이터는 그대로 아래로 향했다.

앱을 다시 보자 화면은 사라지고 없었다. 앱 사용설명서를 보니 솔메이트와 만나면 기능이 정지된다고 했다. 한 번 솔메이트를 만난 사람은 다시 앱을 깔아서 사용할 시 이후의 만남은 진짜 솔메이트가 아니라고 했다.

이런 꼼꼼한 디테일이라니, 맑음은 갑자기 프로그램에 신뢰가 싹트려고 했다.

'우연의 일치겠지?'

맑음은 남자의 얼굴이 궁금해졌다. 고양이나 냉장고가 아니라니 궁금증이 일었다.

갑자기 머릿속으로 반짝 기억 하나가 떠올랐다.

그러고 보니 여태까지 자신처럼 남자나 여자를 만난 성공 후기는 없었던 듯했다. 모두 동물이나 물건들 혹은 가족이나 친척들을 만났던 것뿐이었던 듯했다.

자신이 최초로 이 솔메이트 앱의 성공 커플이 될 수도 있지 않을까?

갑자기 맑음의 심장이 뛰고 온몸 핏줄 속 혈액이 빠르게 움직이는 게 느껴졌다.

'원래 게임의 승자는 한 명이잖아.'

어쩌면 이 개발자는 자신의 앱을 게임처럼 생각하고 만들었을 수도 있겠다 싶었다. 수많은 경우의 수가 발생하고 단 하나의 수, 즉 진짜 운명이 성공하는!

'돈 복은 있는데 남자는 기대하지 말아요. 두 마리 토끼를 잡을 수는 없는 법이에요.'

역술가들이 가이드라인을 정해놓고 짜고 말하는 듯한 점괘가 떠올랐다.

그래! 운명을 바꾸겠어!

맑음은 생애 처음으로 자신이 잡지 못했던 토끼를 잡기로 했다.

지금 자신이 서 있는 여성복 매장은 3층이다.

1층과 2층만 둘러보면 된다. 아니지, 지하주차장이 4층까지 있잖아!

혹시 아울렛 건물 밖으로 나간 거라면?

경우의 수를 제어하기에는 시간이 부족했다.

그런데도 어쩐지 남자가 자신을 기다리고 있을 것만 같았다. 갑자기 머릿속으로 숫자 하나가 떠올랐다.

'1!'

그도, 나도 아직 솔로니까 '1'이 어울리는 숫자다.

맑음은 비상구 문을 향해 냅다 뛰었다.

쾅! 1층 비상구 문을 열고 맑음이 들어섰다.

그 소리에 놀란 쇼핑객들이 그녀 쪽을 돌아봤다. 그러나 맑음은 그들의 시선 따위 느껴지지 않았다.

저 멀리, 거짓말처럼 회색 후드티가 정문의 회전문에 몸을 싣고 있었다.

미션 클리어! 역시 운명이었다!

후드티에 달린 모자 끄트머리가 토끼의 뭉툭한 꼬리처럼 흔들렸다.

맑음은 회전문 쪽으로 냅다 뛰기 시작했다. 자신을 향해 오는 사람들을 피해 사력을 다해 달렸다. 회색 후드티가 회전문을 밀고 밖으로 나가기 직전, 맑음은 거의 문 근처에 도달했다. 손만 내밀면 닿을 그때, 그러다 그만 쿵! 하고 회전문 반대 방향의 사람이 탄 유리 칸막이와 부딪히고 말았다. 동시에 맑음의 모니터 전원이 꺼졌다.

미션 낫 클리어.

얼마나 시간이 지났을까?

맑음은 천천히 눈을 떴다. 회전문은 혼자 선풍기 날개처럼 휘릭휘릭 돌아가고 있었다.

자리에서 일어서보니 건물에는, 그리고 거리에도 사람 한 명 없이 텅 비어 있었다.

저 멀리 회색 후드 모자가 건물 밖 골목으로 들어서고 있었다.

그를 쫓아 골목을 따라 걷는데 길은 점점 좁아졌다.

낮인데도 하늘은 검은 구름으로 잔뜩 뒤덮여 있었다. 마치 이름 모를 게임 속 거인족의 뱃속에 들어온 것처럼 길은 복잡하고 어두웠다.

어느새 회색 후드티 남자는 시야에서 사라지고 없었다.

맑음의 마음속에서 무서움이 불처럼 일었다. 얼굴 없는 남자가 튀어나와 자신을 덮칠 것 같았다.

이 판은 깨지 못하겠어.

미션 이즈 페일드!

맑음은 잔뜩 겁먹고 되돌아 나가려고 돌아섰다.

"거긴 없어요."

갑자기 등 뒤에서 남자 목소리가 들렸다. 낮고 울림 좋은 목소리였다.

"거긴 없다고요."

돌아보니 어둠 속에 후드티의 남자가 서 있었다.

갑작스런 남자의 출현에 맑음은 놀라 몸이 움츠러들었다.

"뭐, 뭐가 없다는 거예요?"

"달콤커피."

"그걸 어떻게 알고 있어요?"

남자는 빙긋 웃으면 말했다.

"난 맑음 씨의 솔메이트예요. 맑음 씨에 대해선 모든 걸 다 알아요."

순간 하늘이 밝아졌다. 검은 구름이 걷히고 번쩍, 남자의 얼굴이 맑음 눈에 비쳤다.

평범한 얼굴에 환한 미소가 걸려 있었다. 그는 맑음보다 나이가 어려 보였다.

남자는 키를 낮춰 맑음의 얼굴을 바라보았다.

"확실히 안경을 안 끼는 게 더 예쁘네요."

맑음은 고등학교 때까지 안경을 썼다가 대학을 들어가면서 렌즈를 꼈다.

"다, 당신 뭐예요?"

"말했잖아요. 맑음 씨의 솔메이트라고."

순간 맑음은 남자에게서 이상한 점을 발견했다. 분명 햇살이 비치고 있는데 그림자가 보이지 않았다. 바닥엔 맑음의 그림자만 걸려 있었다.

"그러나 불행히도 지금은 당신과 다른 세계에 살고 있어요."

"당신 혹시 유령…?"

남자는 천천히 고개를 끄덕였다.

정말 내가 거인의 뱃속에 들어온 건가?

맑음은 모든 것이 혼란스러웠다. 남자는 그런 맑음을 보며 슬픈 얼굴로 말했다.

"그런데 선천적으로 폐에 이상이 있어서 스물네 해만에 죽었어요. 그 바람에 맑음 씨와 한 번도 만나지 못했죠."

다리에 힘이 풀렸다.

기껏 만난 솔메이트가 유령이라니.

"그런데 왜 나를 찾아온 거죠? 이미 죽은 거라면 나타나봤자 소용없잖아요."

아무리 모태솔로지만 유령과 연애할 만큼 맑음의 정신이 어떻게 되진 않았다.

"원래 솔메이트가 죽어버리면 딱 세 번, 그 상대를 만날 수 있는 기회를 줘요. 이번이 내가 맑음 씨를 만난 세 번째예요."

"세 번째라고요? 난 당신을 만난 기억이 없어요."

"첫 번째 만남은 맑음 씨가 고등학생 때였어요. 그런데 맑음 씨가 그때 고3이었어요. 수능 때문에 한창 바쁠 때였죠. 맑음 씨가 공부하던 독서실에 몇 번 갔는데 나를 쳐다보지도 않았어요. 말을 걸었는데 그냥 지나가더라고요."

두 번째는 맑음이 한창 보조작가로 바쁠 때였다.

방송국의 드라마 작가교육원 과정을 끝낸 후 선생님의 소개로 유명한 작가 밑으로 들어갔다. 딱 한 번만 경험하려고 했던 일이 두 번이 되고 세 번이 되었다. 사수인 작가는 맑음이 보조작가로서 일을 똑 소리 나게 잘하자 놓치지 않으려고 했다.

어느 바닥이든 일 잘하는 사람은 찾기 힘든데 보조작가는 더더욱 그랬다. 24시간 풀가동, 항시 대기에 급여는 2백을 넘기 힘들었다. 다들 한 작품 정도 하고 데뷔하려고 하지 계속 보조작가를 하지 않으려고 했다. 고생은 고생대로 하고 공은 모두 메인작가에게 돌아가기 때문이었다. 보조작가가 쓴 대사와 장면은 그대로 메인작가의 것이 되었다.

맑음은 메인작가의 구슬림에 넘어가 세 작품이나 같이 했다. 그러면서 탈모와 역류성 식도염을 얻었다. 매번 생방으로 나가는 미니 드라마를 4년간 하다 보니 몸에 탈이 나버렸다.

대작가는 다른 보조작가보다 급여를 많이 책정해서 줬다. 그리고 드라마 단막극부터 해서 차근차근 데뷔시켜주겠다고 했다. 그런데 막상 단막극 편성이 들어오자 대작가가 몸소 대본을 써서 진행시켰다. 그것도 밑그림은 모두 맑음이 그려놓은 초고로.

"자기야, 자기는 아직 실력이 안 돼요. 아마추어와 프로의 차이가 뭔 줄 알아? 아마추어들은 아이디어는 엄청 좋아. 그런데 그걸 실현시키지를 못해. 뼈대만 잘 만들면 뭐해? 살이 없는데. 맑음이 넌 프로가 되기엔 아직 부족해."

맑음은 드라마 진행 중에 보란 듯이 짐을 싸들고 나가버렸다. 그리곤 핸드폰 번호를 바꾸고 게임 시나리오 개발 회사로 이직했다.

맑음이 진행했던 미니 시리즈 드라마 주인공이 게임 시나리오 개발자였던 적이 있었다. 그때 캐릭터 자료조사를 위해 만났던 회사 직원이 있었다. 그의 회사에서 발매하는 신규 게임이 스토리성 게임이라 작가가 필요하다고 했다.

맑음의 사정을 알게 된 직원의 도움으로 이직은 일사천리로 이뤄졌다. 그 직원이 민규였고, 그는 새로운 회사에 적응하도록 말 없이 도와주었다.

그런 태풍 같은 일을 겪고 있을 때 이 남자가 나타났다고 했다. 하필 맑음이 짐을 싸들고 대작가의 오피스텔에서 나오던 때였다고 했다.

그날 밤, 흐릿하게 누군가 맑음의 짐을 들고 버스 앞까지 데려다준 기억이 났다. 자그마한 덩치로 맑음이 온갖 짐을 메고 있자 같이 정류장까지 들어줬었던 것 같았다.

그가 뭐라 뭐라 말을 걸었던 것 같았는데….

아무튼 그런 상황에서 맑음의 귀에 남자의 말이 들어올 리 만무했다.

남자는 첫 번째도, 두 번째도 최악의 타이밍에 나타났다.

폐가 나빠서 죽었다더니 머리도 나쁜 게 아닐까?

"그건 아니에요."

맑음의 생각을 읽은 듯 남자는 빙긋 웃어 보였다.

"나쁜 건 폐밖에 없었어요."

"함부로 남의 생각 읽지 말아요."

"어쩔 수 없어요. 우린 솔메이트잖아요. 당신도 내 마음을 읽을 수 있어요."

그와 동시에 신기하게도 맑음은 남자의 마음이 느껴졌다. 아니, 읽혀졌다.

남자의 마음속엔 온통 맑음에 대한 생각으로 가득 차 있었다.

진정으로 그녀를 아껴주고 사랑해주려는 마음 그것뿐이었다.

죽어라 글을 써서 문예창작과 특기생으로 뽑혀 펑펑 울었을 때도, 드라마 일 때문에 받은 상처로 어둠 속에서 지낼 때도, 민규에 대한 짝사랑으로 마음을 끓이고 있을 때도, 그가 곁에 있었음을 알 수 있었다.

시작도 못 해본 민규를 잊기 위해 시시한 남자들로 가득 찬 인터넷 싱글 모임 장소를 헤매고 있는 지금 이 순간까지.

"나랑 같이 가요."

"어디를…?"

"그곳으로 가면 나와 함께 있을 수 있어요. 영원히."

남자는 맑음에게 손을 내밀었다.

영혼의 짝, 언제나 꿈꿔 왔으나 결코 이루어지지 않을 거라 여겼던 소원.

그 소원이 이제 현실로 나타났다.

막 그의 손을 잡으려고 하는데, 찰싹! 누군가가 맑음의 뺨을 두드렸다.

"아가씨! 정신 차려요!"

눈을 떠보니 사람들이 맑음을 내려다보고 있었다.

후드티의 남자도 그들 사이에 섞여 맑음을 호기심 반, 걱정 반으로 내려다보고 있었다.

대머리 중년 남자가 맑음의 뺨을 찰싹 때렸던 차였다. 다시 때리려던 그 손을 맑음은 있는 힘껏 휙 밀쳐내고 벌떡 일어섰다.

뺨을 맞은 충격보다 얼굴 팔림이 더 충격적이었다.

후드티 남자는 맑음이 일어선 걸 보더니 그대로 뒤돌아섰다.

"이봐요!"

어디서 그런 힘이 나왔는지 맑음은 남자의 후드티 모자를 확 잡았다.

남자가 어리둥절해서 맑음 쪽을 돌아봤다. 막상 그를 잡아놓고는 할 말이 없었다.

뭔가 말하고 싶은데 맑음은 다시 어지럼증을 느꼈고 비틀, 발을 헛디뎠다.

어! 남자는 쓰러지려던 맑음을 얼른 잡았다. 그대로 푹, 맑음은 남자 품에 안겼다.

"사랑 싸움이네."

"여자 친구 데리고 얼른 병원에 가봐요."

사람들이 여기저기서 말을 얹었고 당황한 남자는 맑음을 안은 채 어쩔 줄 몰라했다.

맑음은 남자의 부축을 받으며 아울렛 건물 밖으로 빠져나왔다.

마침 맥도날드가 보였고 그 앞에 광대 로날드가 앉아 있는 벤치가 보였다. 남자는 맑음을 로날드 옆 빈자리에 앉혔다.

"좀 어떠세요?"

"…."

부끄러워서 입조차 달싹거릴 수 없었다.

회전문에 이마가 깨지고, 대머리 아저씨에게 뺨을 맞고, 로날드의 옆자리에 앉다니.

남자의 청바지 뒷주머니에서 핸드폰이 울렸다.

안 오냐고, 성화를 부리는 문자였다.

맑음은 용기를 내어 남자에게 말했다.

"아깐 죄송했어요. 아는 사람으로 착각해서…. 이제 가보셔도 돼요."

핸드폰으로 문자가 계속 오자 남자는 자리에서 일어섰다.

"그럼 전 가봐야 해서요. 조심하세요."

남자를 잡아야 하는데 마땅한 아이디어가 떠오르지 않았다.

바보처럼 로날드랑 앉아서 그를 보낼 순 없었다. 그가 진짜 솔메이트인지 확인해 바보 같은 앱과 하는 게임에서 이기고 싶었다.

'그런데 솔메이트를 어떻게 확인한다는 거야?'

마음속 질문엔 나중에 생각해보기로 하고 맑음은 단어를 뱉었다.

"달콤커피!"

엥? 그 소리에 남자는 다시 맑음을 돌아봤다.

"혹시 달콤커피 아세요? 요 근처라던데 찾을 수가 없네요."

남자는 갸웃거리더니 자기도 가던 길이라며 같이 가자고 했다.

신기하게도 남자와 같이 걷는데 5분도 되지 않아 엄청나게 큰 달콤커피 매장이 나왔다.

그리고 건물 엘리베이터를 같이 탔고 같이 3층, 만남 장소인 블랙데이 호프집에서 내렸다.

두 사람은 어색하게 서로의 얼굴을 바라봤다.

블랙데이 호프 집 안, 만남의 장소에서는 남녀가 마주보고 각자 자기소개를 하고 있었다.

10분 정도의 간격으로 남자가 여자의 앞자리를 돌아가며 앉았다.

자기소개 때 들은 남자의 이름은 '유정우'였고 나이는 스물여덟 살이었다. 제법 알려진 한 유명 영화사의 수습사원이 되었는데, 정직원이 확실시 된다고 했다.

'유정우….'

맑음은 남자의 이름을 외우고 있었다. 달콤한 커피라도 되는 양 남자의 이름은 부드럽게 맑음의 입안을 맴돌았다.

맑음은 곧 그가 제 앞자리에 붙어 앉아 이야기를 나누리라 기대했다. 그도 이쪽으로 오고 싶어 할 게 분명했다.

그런데 자신의 테이블로 정우가 오기도 전에 판이 끝나버렸다.

술이 들어가자 남자들이 마음에 드는 여자 앞에 멈춰 앉기 시작한 것이다. 몇 명의 남자가 무더기로 한 여자에게 앉아 있는 경우도 생겼다. 관심을 받지 못한 여자와 남자는 동성끼리 어울려 앉아 술을 마셨다.

정우 역시 친구와 같이 어울려 신나게 떠들고 있었다. 정우는 친구와 앞에 앉은 여자들에게 자신이 취업하게 된 대기업 영화사에 대해 열심히 이야기 중이었다.

모임은 막바지에 다다르고 있었다. 그러나 맑음 앞으로 정우는 나타나지 않았다.

멀리 떨어져 앉았어도 정우의 목소리가 맑음에게 들렸다.

그가 앉은 테이블에서 '베를린 영화제가', '손익분기가', '대역 없이?' 하는 따위의 대화에서 잘려진 단어가 맑음의 귀로 들어왔다.

맑음은 정우 쪽을 보지 않으려고 애썼다. 허나 그러면 그럴수록 더 신경이 쓰였다.

참다못한 맑음은 자신 앞에 앉은 남자들을 남겨둔 채 복도에 있는 화장실로 향했다.

하긴 회전문에 부딪혀 갑자기 쓰러진 여자가 매력 돋게 보일 리 없다. 비정상으로만 안 봐도 고마운 일인걸. 어리석은 앱 따위를 믿고 설치다니.

맑음은 고칠 필요도 없는 입술 화장을 수정하려고 거울을 봤다.

그런데 뭔가 허전한 게 느껴졌다.

'맞다! 시폰 원피스!'

새 옷을 사 입은 뒤 원래 입고 있던 원피스를 아울렛 매장에 그대로 두고 온 게 떠올랐다.

시간을 보니 9시가 훌쩍 넘었다. 핸드폰으로 검색해보니 아울렛은 주말엔 한시적으로 10시 30분에 문을 닫는다고 되어 있었다.

서두르면 찾을 수 있겠다. 내일은 황금 같은 일요일인데 다시 이곳으로 오기엔 너무 아까웠다.

'내가 없어지면 그가 나를 찾지 않을까?'

그러나 복도에서 유리문 너머로 보이는 정우는 친구들과 이야기하는데 바쁜 듯 보였다.

자신이 마음에 들었다면 돌아가는 순서 따위 무슨 상관있겠어. 곧바로 자기 앞에 앉았겠지.

맑음은 순간 그의 솔메이트가 자신이 아닐 수 있겠다는 생각이 들었다. 솔메이트라면 정우 역시 맑음을 알아봤을 거다.

맑음의 앱이 정우를 그녀의 솔메이트로 지정했다고 해서 정우의 그것 역시 맑음을 지정한다는 보장은 없었다.

아이템을 현질해서 캐릭에 장착해야 하나?

그러면 그를 솔메로 지정할 수 있으려나.

실연의 총탄이 박혀 너덜너덜해진 심장을 끌고 전장을 떠나려는데, 익숙한 목소리가 들렸다.

"벌써 가는 거예요?"

돌아보니 정우가 서 있었다.

"그냥 뭐 찾을 게 있어서요."

맑음은 얼른 그에게 인사를 한 뒤 상가 엘리베이터를 탔다.

건물을 빠져나와 아울렛으로 향하는 길이 한없이 길게 느껴졌다.

그런 맑음의 어깨를 툭, 하고 누군가 가볍게 쳤다.

"또 넘어지면 어떡해요. 같이 가요."

돌아보니 정우의 얼굴이 달처럼 걸려 있었다.

"호, 혼자 가도 돼요. 일행도 있으신 것 같던데…."

"친구들이요? 나중에 합류하면 돼요. 어차피 지금 가봤자 다리 놔주는 역할만 해야 해서 피곤해요."

더 이상 할 말이 없어 맑음은 입을 다물고 걷기만 했다.

그런 맑음을 곁눈으로 보던 정우가 헛기침과 함께 물었다.

"그런데 아까 그 회전문 앞에서 깨어났을 때, 날 잡았잖아요. 왜 그랬어요? 정말 아는 사람이랑 헷갈려서 그랬던 거예요?"

아니요! 솔메이트 어플 때문에 당신을 쫓았던 거예요. 당신은 내 솔메예요!

이렇게 말하면 정말 머리가 이상한 여자로 영원히 기억될 것이다.

"그냥 그 후드티가 눈에 띄어서…. 얼떨결에 그랬어요, 죄송해요."

정우는 맑음을 의심 가득한 눈길로 바라봤다.

"정말이에요?"

맑음은 자신을 바라보는 정우를 피해 빠른 걸음으로 걸었다. 정우는 술기운에 비틀대며 맑음을 뒤따라 걸었다.

두 사람이 매장에 도착해서 옷을 받고 나오자마자 아울렛은 폐점했다.

그런데 정우가 속이 좋지 않은지 아울렛 문을 나오면서 구역질을 하기 시작했다.

"괜찮으세요?"

이번엔 맑음이 정우를 부축해 아울렛 뒷골목으로 끌고 갔다.

거기서 정우는 마셨던 술과 안주를 모조리 게워냈다.

맑음은 얼른 편의점에서 물과 티슈를 사서 그에게 갖다주었다.

생수로 이리저리 입을 헹군 뒤 정우는 시원하게 물을 삼켰다.

"이번엔 맑음 씨에게 신세를 졌네요."

"제 이름 어떻게 알아요?"

"아까 돌아가면서 소개하는 시간에 이름 말했잖아요. '맑은 서쪽 하늘, 서맑음입니다'라고."

그가 내 이름을 기억하고 있어! 맑음은 뛸 듯이 기뻤다.

사실 정우는 인터넷 모임 따위 필요 없는 남자로 보였다. 외모도, 매너도 좋아서 여자가 끊이지 않을 타입이었다. 그런데 어제 드디어 그렇게 원하던 메이저 영화 회사에 수습사원으로 고용되었다. 며칠 내내 취업턱을 신나게 쏜 후 여전히 기분에 도취돼서 모태솔로인 친구들 부탁을 들어줬던 것이다. 그들을 위해 다리 놔 주는 자원봉사자로 나왔고 술잔도 신나게 비웠다.

"맑음 씨는 이런 모임에 안 나와도 될 거 같은데…. 남자들한테 인기 많죠?"

이건 위험한 신호다. 맑음은 본능적으로 몸을 움츠렸다.

정우는 마구 비운 술잔 때문에, 취업에 성공한 기분 때문에 이러는 게 분명했다.

이런 스타일의 남자가 평범한 자신 같은 여자를 좋아할 리 없잖아.

'하지만 방금 모두 토했잖아. 술에서 깨지 않았을까?'

아니, 어쩌면 밤하늘에 노란 형광펜을 쳐놓은 듯 밝은 보름달이 떠서 그런가 보다.

어플 덕분에 저주가 풀리고 마법이 시작되려나? 주희가 고양이 왕자님을 만났듯 말이다.

"아니에요! 그냥 그저 그래요. 정우 씨야말로 아까 모임에서 여자들한테 인기 많던데요."

맑음은 그를 마음 밖으로 밀어낼 양으로 말을 쏟아냈다.

"다들 제 타입 아니에요."

"정우 씨는 어떤 타입을 좋아하는데요?"

정우는 지그시 맑음을 바라봤다.

맑음의 얼굴이 붉게 물들어 있었다.

불쑥, 갑자기 정우의 손이 맑음의 목덜미를 감쌌다.

"잠깐만요! 지금 뭐하시는 거예요?"

순간 두 사람의 눈이 마주치고, 이어 정우의 입술이 그녀의 입술 위로 포개졌다.

깊고 달콤한, 키스가 이어졌다.

정우가 입술을 떼려고 하자 이번엔 맑음이 그의 목덜미를 잡았다.

샛노란 형광펜으로 그은 듯 밝았던 보름달이 구름 사이로 사라졌다.

어둠 속에서 다시 입술이 포개졌고 맑음은 정우에게 깊은 키스를 시작했다.

이때 갑자기 맑음의 핸드폰이 울렸다. 맑음이 전화를 받지 않자 문자 수신음이 울렸다.

급한 건가 싶어 맑음은 정우에게서 떨어졌다.

핸드폰을 열어보니 민규로부터 온 것이었다.

맑음 씨, 뭐해요? 마침 약속이 맑음 씨 동네 근처에서 끝나서요. 시간 되면 술 한 잔 할래요?

맑음은 믿어지지 않아 핸드폰 화면에서 눈을 떼지 못했다.

"누구예요? 혹시 남자 친구?"

"그냥 회사 동료예요."

"회사 동료가 토요일 이 늦은 시간에 연락을 해요?"

그제야 정우를 바라보자 그의 얼굴에 질투심이 잔뜩 깔려 있었다.

"미안해요. 급한 일이 있어서 그만 가봐야겠어요."

막 뒤돌아서려는데 정우가 맑음의 팔을 잡았다.

"번호 줘요. 연락할게요."

이때 다시 민규로부터 메시지가 왔다.

맑음 씨, 너무 늦은 시간이죠? 다음에 봐도 돼요

맑음은 정우에게 팔이 잡힌 채 이러지도 저러지도 못했다.

정우에게 번호를 줘야 하나?

민규 씨에게는 뭐라고 답을 보내지?

맑음은 모든 것이 혼란스러웠다.

한 번도 없던 일이 이벤트에 당첨된 것처럼 갑작스레 일어났다.

마음속으로 내내 품었던 남자와 교통사고처럼 갑자기 들이닥친 남자, 둘 사이에서 어떻게 해야 하는지 깜깜했다. 메인 작가님을 위한 자료조사와 취재는 너무나 쉽고, 회사 이직도 착착 잘 진행했었는데 이럴 땐 뭘 어떻게 해야 하는 걸까?

구름 사이로 샛노란 형광펜 색깔의 보름달이 다시 나타났다.

맑음은 모든 것이 밝고 깨끗하게 보였다.

어플로 시작된 일이니까 거기에 맡겨볼 밖에.

'그는 솔메이트니까 알아서 길을 찾겠지.'

생각이 정리되자 맑음은 정우를 똑바로 바라봤다. 그리고 담담하게 말했다.

"우선 이 팔 좀 놔줄래요?"

정우는 맑음의 기세에 팔을 슬그머니 놓았다.

"방금 연락 온 사람은 같은 회사에 다니는 동료예요. 제가 짝사랑해서 오랫동안 마음에 넣어둔 사람이고요."

"아, 네."

갑자기 훅 치고 나온 맑음의 진심에 정우가 움찔해선 시선을 피했다.

이대로 정우가 달아날까 맑음은 가슴이 두근거리기 시작했다. 그래도 결계를 깨고 한 걸음 더 나가기로 했다. 회전문에 머리를 받치고, 키스까지 획득한 게임의 승리자가 여기에서 멈추면 후져 보일 게 분명했다.

맑음은 정우와 시선을 맞추기 위해 한 걸음 다가섰다.

"순서로 보면 내가 동료에게 가는 게 맞겠죠?"

정우가 뭐라고 답하기도 전에 맑음은 뒤돌아섰다.

한 걸음, 두 걸음 정우에게서 멀어졌고 맑음의 심장도 그와 비례해서 쿵쾅거리기 시작했다.

"잠깐만요!"

맑음이 걸음을 좀 늦춰볼까 하던 때, 정우가 그녀의 뒤로 바짝 따라붙었다.

"어딘지 몰라도 데려다 줄게요. 요즘 세상이 험하잖아요."

예스, 맑음은 속으로 외치며 걸음을 유지했다.

"그런데 어느 쪽으로 가요?"

"…."

"여기 커피가 진짜 맛있는데 테이크 아웃 해서 마시면서 갈래요?"

정우가 맑음의 걸음을 멈추게 하기 위해 끊임없이 말을 걸어왔다.

그러든가 말든가 맑음은 오로지 뚜벅뚜벅 걷기만 했다.

형광색 달빛도 반짝반짝 맑음의 앞을 비추고 있었다.

홀로 괴물의 뱃속을 헤매던 공주는 그 뱃속에서 걸어 나왔다.

그녀의 기사'들'이 기다리고 있는 세계 위로.

달빛 아래, 우아한 발걸음으로.

"난 더 좋아지는데 그 사람은 점점 내가 싫어지나 봐."

옆 자리 테이블에서 한숨과 함께 실연의 상처가 들렸다.

다닥다닥 붙은 맥줏집 테이블 덕분에 그녀와 난 등이 바짝 붙은 상태였다.

슬쩍 고개를 외로 틀어보니 20대 중반의 여자 셋이 앉아 있었다.

서툰 화장과 단정한 머리 스타일이 갓 사회생활을 시작하는 사람들처럼 보였다.

딱 떨어지는 정장 차림과 네모진 서류가방이 풋풋했다.

그녀의 고백 때문에 순간 정적이 흘렀다.

정적은 그녀의 테이블뿐 아니라 우리 테이블에도 옮겨 붙었다.

오랜만에 결혼한 민주를 만나 맥주를 마시던 중이었다.

민주는 남편에게서 주말 외출을 허락받고 다섯 살 아이를 맡기고 어렵게 나온 자리였다.

밤새도록 술을 마시자고 아예 외박을 하자며 잔뜩 들떠 있었다.

그런데 옆 테이블의 고백이 들리던 순간, 어느새 같은 마음이 되어버렸다.

나와 민주는 약속이나 한 듯이 들고 있던 맥주잔을 조용히 탁자 위로 놓았다.

나와 딱 붙어 앉은 그녀의 등이 떨리고 있었다. 아마도 작게 흐느끼는 듯했다.

낯모르는 그녀의 등을 조용히 쓰다듬어주고 싶었다.

그녀의 친구들은 그녀가 울도록 내버려두는 듯했다. 각자 맥주를 홀짝이며 다른 곳을 보고 있었다. 잠시 후 친구 한 명이 그녀에게 냅킨을 건네주었고, 그녀의 흐느낌은 곧 잦아들었다. 그리고 세 사람은 가타부타 말없이 자리에서 일어나 나갔다.

나가는 그녀들의 뒷모습을 보며 민주가 작게 속삭였다.

"가끔 매튜가 떠올라."

민주의 말에 깜짝 놀랐다.

민주는 대학 때 호주로 유학을 떠났다. 그곳에서 호주 남자 매튜를 만났고 사랑에 빠졌다.

유학 생활이 끝나고 한국으로 돌아가야 했는데, 매튜가 같이 가겠다고 했다. 자신의 직장을 접고 그녀와 살겠다고 했다. 민주에게 그렇게 열렬히 빠진 남자는 매튜가 처음이었다.

사실 민주는 한국에서는 연애를 해본 적이 없었다. 그녀가 좋아하면 그가 싫어했고 그가 좋아하면 그녀가 마뜩잖았다. 스물아홉에서야 민주는 진짜 연애라는 걸 지구 반대편에서 하게 된 것이다. 매튜는 휴가 때 한국으로 왔고 민주에게 열렬히 구애했다. 그럼에도 민주는 매튜에게 이별을 통보했고 자신의 인생에서 밀어냈다. 그리고 얼마 후 오랜만에 나간 대학 모임에서 동기를 만나 결혼해버렸다.

사실 아직도 그때 민주의 결정을 이해할 수 없었다.

학위도 누구보다 열심히 땄고, 자신의 분야에서는 완벽한 일처리를 하는 친구였다. 그렇게 똑똑한 친구인데 사랑에서만큼은 잔뜩 겁을 집어먹은 꼬마아이였다.

"맞아. 겁이 났었어. 나를 너무 사랑해주니까 내 진짜 모습을 보면 실망할까 두려웠어. 내가 인생을 통틀어 처음 제대로 한 사랑이었잖아. 그 사랑이 다치고 깨어지는 게 죽기보다 싫었어. 나, 정말 바보 같지?"

어느새 민주의 등이 옆 테이블 그녀처럼 가늘게 떨리고 있었다.

지금의 삶이 나쁘지 않다고 말해왔던 민주였다. 그런데 그녀는 왜 종

종 매튜를 떠올렸을까?

"사람의 마음을 정확하게 알려주는 어플은 어디 없을까?"

"그러게. 그러면 확실하게 짝을 찾을 수 있을 텐데."

"점점 좋아지는 것도, 겁이 나서 달아나려는 마음도 미리 알려주면 좋겠다. 그러면 서로에게 상처 주지도 않고 딱 맞는 짝을 찾을 수 있잖아."

혼자 맥주를 마시던 민주의 잔에 쨍, 나의 잔을 부딪쳤다.

그런 어플이 나온다고 해도 계속 상처를 주고받으며 살 것 같다는 말은 덧붙이지 않았다.

섣부른 위로를 하지 않고 흐느끼던 친구를 내버려두던 옆 테이블의 그녀들처럼.

안타까운 엇갈림, 누군가를 향한 마음의 헛발질, 아무에게도 말하지 못했던 과거의 사랑까지.

이 모든 마음을 분석해서 짝을 찾아주는 어플이 언젠가 나오게 될까?

"와! 남자친구예요? 너무 부럽당, 언니."

나이를 말하지도 않았는데 네 명의 여자들은 죄다 연주를 언니라 불렀다. 오늘따라 연주보다 연하의 여자들만 모인 듯했다. 서늘한 11월의 밤이 더 서늘하게 느껴지는 순간이었다.

'이번 모임은 완전 실패야.'

연주는 속으로 한숨 쉬며 핸드폰을 꺼내들었다. 학원의 박선생으로부터 온 전화였다. 평소 용건이 있으면 문자로만 주고받았는데, 전화라 생소했다. 연주가 망설이며 받지 않자 곧바로 문자가 왔다.

문 닫고 **퇴근합니다**

단답형의 통보로, 평소 일방통행인 박선생다웠다. 박선생은 연주와 눈이 마주쳐도 인사하는 법이 없었다. 사회성이 떨어졌지만 책임감은 강해서 한 번의 지각이나 결강 없이 수업은 곧잘 이끌었다. 학생들은 무뚝뚝하다 못해 질리게 하는 박선생의 투박함에 매력을 느끼는지 곧잘 따랐다. 그러니 연주는 박선생에게 '을'이 될 수밖에 없었다. 부원장인 자신에게 예의 없다고 인기 강사를 쫓아낼 순 없으니까. 하필 와인 동호회 모임에 처음 나가는 오늘, 박선생 수업이 마지막 시간대에 있는 날이었다. 연주는 급한 가족 모임이 있다고 둘러대고 박선생에게 자기 대신 학원 마감을 해달라고 부탁했다. 최대한 싹싹한 얼굴로 굴었는데도 박선생은 불퉁한 얼굴로 고개만 까딱거릴 뿐이었다.

'내가 남자여도 그랬을까?'

박선생의 태도에 감정이 상할 때면 그런 생각이 가장 먼저 들었다.

연주는 불쾌한 감정을 지우려 재빨리 핸드폰을 가방 속에 밀어넣었다. 그리고 숙성이 벌써 끝난 자신의 와인을 단번에 비웠다.

"남친 맞죠? 그죠?"

네 명의 여자는 핸드폰을 울린 사람이 연주의 남자 친구라고 못박으려 했다.

연주는 와인동호회가 순수하게 와인만을 위한 모임인 줄 알았다. 혼자 마시기 힘든 고가의 와인을 회원들이 회비를 내서 나눠

마시며 테루아를 따져가며 곱씹으리라 여겼다. 불퉁한 박선생에게 고개 숙인 보람도 없이 예상은 보기 좋게 빗나갔다.

연주가 입시학원에서 오랫동안 일하면서 세상 물정에 어두워진 탓이었다. 밤 열한 시에 퇴근하고 낮 두 시에 출근하는 생활을 3년 가까이 하다 보니 모임도, 친구도 사라진 지 오래다. 가끔 집에 들어가기 싫은 날, 더러 술을 마시고 싶은 날… 부를 사람이 없었다. 같이 사는 부모님 몰래 술을 사들고 가서 먹는 것도 처량하게 느껴지기 시작했다.

분위기 있게 술을 마시고 싶어 며칠 동안 검색을 통해 찾은 와인동호회였다. 그런데 와인보다 남녀가 짝을 찾는 성향이 훨씬 강했다.

새로 받은 와인잔을 휘휘 돌리며 연주는 그녀들을 바라봤다. 연주의 몸 속 와인 덕분에 속상한 마음이 서서히 풀어지고 있었다. 그녀들이 허락도 없이 언니라고 부른 것도, 위아래로 훑어보며 불쾌한 눈빛을 보낸 것도 상관 없어졌다. 한 명의 경쟁자라도 빨리 도태시키려는 여자들이 오히려 안쓰러워졌다.

학원 일을 맡기고 오느라 늦게 도착한 연주를 보자마자 여자들은 그녀를 노골적으로 경계했다.

연주와 맞은편에 앉은 남자는 그녀가 등장하자 관심을 보였다. 테스팅 와인 중 연주가 가장 고가의 와인을 골라내자 오른쪽에 앉은 다른 남자도 그녀를 유심히 바라봤다. 그러자 네 명의 여자들은 합심하여 얕은 수를 쓰기 시작했다.

오랜만에 겪는 얕은 수에 연주는 오히려 미소가 지어졌다. 자신이 연하의 여자들에게 경쟁자가 될 수 있다는 건 최근 들어 거의 생각해본 적이 없었다. 바쁜 학원 생활에 젖어 하루하루 늙어간다고만 여겼다. 그녀들 덕분에 연주는 옅은 행복감에 젖어들었다. 부원장이나 개인사업자가 아닌 여자로 인정받은 느낌은 실로 오랜만이었다.

연주는 남자들을 빼앗길까 초조해하는 그녀들을 안심시켜주기로 했다.

"그럼 다음 장소로 옮길까요?"

모임 주최자가 2차를 제안하자 연주는 가장 먼저 자리에서 일어섰다.

"전 데리러 올 사람이 있어서요. 먼저들 가세요."

네 명의 여자들 눈에서 그제야 경계심이 사라졌다.

3층의 와인 바에서 내려오면서 연주는 여자들에게 둘러싸여 부러움의 대상이 되었다.

"전 회사 끝나고 남친이 데리러 오는 사람이 제일 부럽더라고요."

네 명의 여자 중 가장 키가 작은 여자가 말했다. 바짝 묶은 포니테일이 귀여워 보여서 살짝 당겨보고 싶었다.

"하긴 언니는 옷도 잘 입고 예뻐서 인기가 많을 거 같아요."

포니테일은 진심으로 활짝 웃으며 연주에게 말했다. 그녀의 미소를 보자 연주는 진짜 남자 친구가 있으면 좋겠다고 생각했다.

1층에 다다르자 빗방울이 떨어지기 시작했다.

네 명의 남자들은 서둘러 자신들이 예약해놓은 2차 맥줏집으로 향했다. 연주를 제외한 네 명의 여자들 역시 재빨리 그들 뒤를 쫓았다.

연주는 첫 데이트를 보내는 엄마의 심정으로 그녀들의 뒷모습을 바라봤다. 그들 중 한 명과 사귀어도 좋지만 실패해도 괜찮을 일이었다. 술로 만난 인연은 그만큼 빨리 휘발될 가능성이 컸다. 부디 그녀들 중 누구도 마음이 다치지 않길 빌었다.

이제 연주 혼자 와인 바 차양 아래 남았다.

'어디로 가지?'

연주는 차양에서 떨어지는 빗방울을 손으로 받아서 튕겼다.

'따뜻한 뱅쇼를 마시고 싶어.'

와인 때문인지 잊고 있었던 뱅쇼가 떠올랐다. 어두운 영국의 하늘 아래 뱅쇼가 담긴 술잔을 부딪치던 때가 어제 같았다.

대학을 휴학하고 연주는 1년간 영국으로 유학을 갔던 적이 있었다. 비싼 현지 물가 때문에 어학원을 마치고 나면 일본인 스시집에서 일했다. 밤새도록 스시를 서빙하고 스시 집 근처 술집에서 싸구려 뱅쇼를 마셨다. 차가운 생선을 만지다 보니 따뜻한 술이 좋았다. 그땐 공연연출가라는 꿈이 있어 어떤 일도 힘들지 않았다. 피카델리 서커스에서 오픈 런으로 하던 오페라의 유령이나 라이

언 킹을 유학생 신분 덕에 반값으로 봤었다. 지나간 시간들이 손에 잡힐 듯 생생했다.

그땐 입시학원에서 학부모 상담과 학원 시간표 짜는 일을 할 줄은 꿈에도 몰랐다. 타임머신을 타고 돌아가 이십대 초반의 연주에게 말해주고 싶다.

'그렇게 열심히 일하지 마. 데스크에 앉아서 하루 종일 전화기랑 다투며 살 테니까.'

아니다. 말해주지 말자. 그때라도 행복해야지.

"아직도 계셨네요?"

소리에 놀라 돌아보니 포니테일의 키 작은 여자가 서 있었다. 한참을 뛰어왔는지 헉헉대며 말했다.

"시계를 풀어두고 왔거든요. 찾으러 왔어요."

여자는 금방 찾으면 된다고 잠깐 연주에게 기다려달라고 했다. 시계를 찾아 내려온 뒤 여자는 연주에게 연락처를 물었다.

"내 번호요?"

"언니 너무 내 타입이거든요. 연락하고 지내고 싶어서요."

시계도 시계지만 연주가 혹시나 가버렸을까 싶어 빨리 뛰어왔다고 했다.

"와인 마시는 법이나 좀 배우려고 했는데 이런 덴 줄 꿈에도 몰랐어요. 회비가 아까워서 2차까지 가려고 했는데 시계를 두고 온 거 있죠. 그래도 언니를 만났으니 본전은 뽑은 거 같아요."

포니테일의 이름은 정수아라고 했다. 수아는 연주의 번호를 자신의 핸드폰에 눌러 담은 후 말했다.

"혹시 공연이나 전시회 보는 거 좋아하세요? 제가 공연장에서 일하고 있거든요. 남자 친구분이랑 같이 오시면 직원가로 해드릴 수 있어요."

갑작스런 수아의 호의에 연주는 당황했다. 일곱 살이나 어린 여자와 다시 만난다는 게 불편하게 느껴졌다.

"남자 친구가 요 앞 버스정류장에 차를 가져왔대요. 미안한데 먼저 가볼게요. 다음에 봐요."

연주는 아쉬워하는 수아를 뒤로 하고 도망쳤다. 게다가 수아의 손목시계를 보는 순간 더더욱 그녀를 피하고 싶었다.

'우연의 일치일 뿐이야.'

연주는 수아와의 일을 머릿속에서 지우려 무작정 걸었다. 어느새 연주 앞으로 학원으로 가는 길이 뻗어 있었다. 한참을 걸었다고 생각했는데 겨우 두 정거장 정도였나 보다. 연주가 이 모임에 참여한 또 다른 이유는 바로 학원과 가깝다는 점이었다.

연주는 연기학원 부원장 일을 하면서 학원의 모든 일을 책임지고 있었다. 처음 일할 땐 믿을 만한 학원생이나 선생님에게 마감을 맡기고 일찍 퇴근했다. 그리고 친구를 만나거나 모임에도 나갔지만 이내 그만두고 말았다. 이상하게 그럴 때마다 학부모가 갑자기 학생을 데리러 오거나 마감을 맡은 선생님이 사무실 열쇠를 잃어버리는 일들이 생겼다. 한 번도 없던 일이 연주가 자리를 비울라 치면 터졌다. 결국 여차하면 달려갈 수 있는 거리가 아니면 약속을 잡지 못하게 되었다.

학원은 중심가와 떨어져 있어 그곳에서 시작되는 모임들은 스케줄에서 삭제되었다. 친구들은 하나둘 결혼을 해서 사라졌고, 직장이 있는 친구들은 늦은 시간 마치는 연주를 기다려주기 힘들어했다. 3년 정도 되자 연주는 대부분의 시간을 혼자 채우고 있었다. 오늘도 기껏 학원 생활에서 한 번 벗어나려고 신청한 건데 경계 밖으로 한 발짝도 나가지 못했다.

헛헛한 마음에 괜히 핸드폰을 꺼내보니 열한 시가 훌쩍 넘어 있었다. 뚱한 박선생도, 학원생들도 모두 없을 시간이었다.

'학원에 가볼까?'

박선생이 제대로 창문과 문을 잠갔는지 걱정되었다. 익숙한 모퉁이를 돌자 학원 건물이 어둠 속에 잠들어 있었다.

연기학원은 엘리베이터가 없는 5층짜리 낡은 건물에 위치하고 있었다. 4층과 꼭대기 층이 학원 자리였다. 낡은 건물에 걸린 학원의 새 간판이 생뚱맞아 보였다. 최근 학원은 매출이 좋아져서 세련된 폰트로 된 간판으로 교체했다.

처음 이 지점으로 배정받아 왔을 때 연주는 건물의 허름함에 놀랐고, 두 번째로는 임대료에 놀랐다. 비록 중심가와 떨어져 있었지만 지하철과 10분 거리라는 이유로 임대료는 학원에서 벌어들이는 수익의 50%를 차지했다. 그렇게 많은 돈을 받아가면서 건물주는 1층 입구에 그 흔한 셔터 문도 달아주지 않았다. 그 바람에 이상한 사람들이 학원까지 종종 올라오기도 했다. 한 번은 술 취한 중년 남자가 올라와 수업 중인 강의실 문을 열어젖혔다. 다행히 수업하던 박선생이 제압해 남자를 내려보냈었다.

그때 딱 한 번 연주는 박선생과 눈을 마주쳤다.

"올라오는 계단에라도 방화문 같은 걸 설치해야겠네요."

놀란 연주를 잠시 바라본 후 박선생은 강의실로 들어갔다. 그리고 며칠 후 메일로 문 설치를 전문적으로 하는 업체 몇 곳과 견적서가 도착해 있었다. 박선생이 정리해서 보낸 것이었다. 연주는 메일을 확인하고 그대로 삭제해버렸다.

이 문제를 몇 번이나 본점의 원장에게 말했지만 소용없었다. 원장은 건물주 책임이라며 맞섰고, 건물주는 관리비를 안 받는다는 말로만 일관했다. 그러면서 학원은 계속 굴러가고 있었다.

와인 때문인지 연주는 5층까지 오르는 데 꽤 힘이 들었다. 숨을 돌리며 학원 사무실 문을 열자마자 연주는 그 자리에 멈췄다.

'어라? 컴퓨터, 분명히 껐었는데?'

컴퓨터 모니터 하단에서 켜져 있음을 알리는 파란 전원 불빛이 뿜어져 나오고 있었다.

연주는 컴퓨터나 사무실 불을 켜놓고 가는 일이 없었다. 원래 있던 정리정돈 습관이 정호와 헤어진 후 강박증으로 변했다.

한 번은 학원 학부모님이 소개해준 남자와 약속이 있었다. 남매를 나란히 보내면서 학생 세 명을 연달아 소개시켜준 고객이다 보니 거절할 수 없었다.

약속 장소에 거의 도착했을 즈음 학원생 한 명에게서 문자가 왔다. 학원에서 치르는 모의실기고사에 입을 연기 의상을 봐달라는 사진 메시지였다. 연주의 사무실 앞에서 찍힌 사진을 보고, 연주는 다시 학원으로 달려갔다.

사무실 앞에 걸어두는 '퇴근했습니다' 알림판이 보이지 않았다. 분명 퇴근하면서 걸어두고 나왔는데 감쪽같이 사라졌다. 누가 장난으로 가져간 건지 알 수가 없었다.

연주는 알파문구에서 알림판을 새로 사서 걸어두고 다시 약속 장소로 향했다. 40분이나 늦게 장소에 도착했고, 상대방은 싸늘한 얼굴을 숨기지 않았다.

"어렵게 생각하지 말고 가볍게 상담 한 번 받아봐."

연주의 강박증을 잘 알던 절친은 그 말을 마지막으로 결혼과 동시에 자카르타로 떠났다.

아무 키나 눌러 화면을 밝히자 연주가 실수로 켜놓은 것이 아님이 드러났다. 화면에는 연주가 핸드폰에서 쓰는 스케줄러와 연동해놓은 스케줄 파일이 떠 있었다. 핸드폰을 늘 손에 쥐고 다니는 그녀가 백업 파일을 보는 일은 거의 없었다. 그저 혹시나 해서 연동해놨을 뿐이었다. 누군가 연주의 스케줄 파일을 훔쳐본 것이다.

'사무실 키는 박선생에게만 줬는데.'

그가 왜 자신의 컴퓨터를, 그것도 스케줄을 엿본 걸까?

그러나 확실한 물증이 없으니 섣부른 행동은 금물이다. 학원업만 3년째, 연주는 그간 온갖 일을 다 겪었다. 무슨 일이 터지건 그저 평온하게, 아무 일도 아니라는 듯 대하는 게 최선이었다.

연습실에서 프렌치 키스를 하는 학원생 커플을 목격해도 그저 무심하게, 영화관에서 영화를 본다는 심정으로, '키스는 학원 밖에서 하렴' 하고 말해야 한다. 그 상황에서 분노해 학생으로서의 품격을 운운한다면 월말 정산용 엑셀 파일에 수강생 총합만 줄어들 뿐이다.

'박선생을 어떻게 한담?'

자신의 컴퓨터를 훔쳐본 사람과 학원에서 다시 마주칠 생각을 하니 소름이 돋았다. 그 순간 연주의 핸드폰이 울렸다. 받으려고 보니 잘못 걸었다는 듯 전화는 너무나도 재빨리 끊어졌다. 와인 바앞에서 헤어졌던 수아의 번호였다. 박선생 일로 어지럽던 차였다. 연주는 주변을 환기시키고 싶어 수아에게 전화를 걸었다.

"죄송해요, 언니! 문자를 보낸다는 게 실수로 통화를 눌렀어요."

연주는 자신도 모르게 수아에게 만나자고 했다.

"지금이요?"

"너무 늦었죠? 아님 다음에 봐도 괜찮아요."

"아니에요! 사실 저 아직도 와인 바 근처예요. 맞은편 이자카야에서 냉우동 먹고 있었어요."

수아는 너무나 반가운 목소리로 연주에게 오라고 닦달했다.

연주는 그녀가 있는 선술집으로 향했고 같이 따뜻하게 데워진 여러 병의 정종을 비웠다.

그날 밤, 와인과 남자 대신 연주는 일곱 살 연하의 여자 친구를 얻게 되었다.

그리고 월요일이 돌아왔다.

월요일은 박선생의 수업이 있는 날이었고, 연주는 목에 뭔가 걸린 기분을 떨칠 수 없었다.

수업 시작 땐 연주가 일부러 화장실을 가서 그와 마주칠 순간을 피했다. 한 시간 삼십 분의 연기 수업이 끝나고 학생들이 쏟아져 나오는 소리가 들렸다.

연주는 심호흡을 하고 출석부를 반납할 박선생을 기다렸다. 곧 노크와 함께 문이 열리고 박선생이 나타났다.

"수업, 끝나셨나 보네요."

"네, 그런데 미나랑 승지가 대사 좀 봐달라고 해서요."

"다른 반 애들까지 봐주시려면 힘드시겠어요."

박선생은 고개를 삐딱하게 돌린 채 말이 없었다. 도대체 어디를 보고 있는지 알 수 없는 시선 처리였다. 연주는 속으로 한숨을 쉬었다. 2년 가까이 학원 일을 같이 해오고 있지만 매번 처음 보는 사람 같이 굴었다. 그는 학원 단체 회식에도, 연말 모임에도 나오지 않았다. 본점의 원장도 그런 박선생을 탐탁찮게 여겼다. 연주는 순간 그를 놀리고 싶어졌다. 학부모 상담 시 쓰는 홍보용 미소를 얼굴에 장착하고 박선생을 향해 말했다.

"박선생님은 늘 인기가 많으시네요. 여자들한테도 그렇죠? 공연 끝나면 대기실 밖에서 꽃 들고 서 있는 거 아니에요, 쟤들처럼?"

대부분의 연기 선생님들은 주말엔 연극무대에 서고 평일엔 연기 수업을 병행한다. 박선생도 예외가 아니어서 주말마다 공연장에 서거나 무대연출을 도맡아했다.

박선생은 연주의 예상치 못한 말에 얼굴이 빨개졌다. 그 모습에 연주는 더 골려줄 마음이 들어서 그에게로 바짝 다가섰다.

"어머, 잠깐만요. 눈 밑에 속눈썹이 떨어졌어요."

연주가 박선생의 얼굴 쪽으로 손을 갖다 대려는 찰나, 박선생은 출석부를 내던지듯 두고 도망쳐버렸다.

'오늘은 이쯤에서 넘어가지.'

어차피 터질 일은 터지게 되어 있으니까. 어떤 일이 터질지는 모르겠지만 자신이 아무것도 모르고 있다고 믿게 해야 한다. 그사이에 최대한 정보를 모아야 한다.

그가 왜 자신의 스케줄을 확인했는지 알아내고 말리라.

"언니를 좋아하는 거 아니에요?"

뜬금없는 수아의 말에 연주는 피식 웃어버렸다.

지난 주 금요일 밤, 연주는 수아에게 박선생 일이며 학원 일을 쉴 새 없이 털어냈다. 남자 친구라는 존재는 없었고 그날도 박선생에게 문자가 온 것이라고 말했다. 수아 역시 직장 스트레스며 반려견 사랑이를 키우며 겪는 고충 등을 늘어놓으며 연주에게 위로를 받았다.

박선생과의 일을 알고 있는 수아는 연애 레이더에 촉이 온다고 했다. 새벽까지 웹소설 보는 게 취미인 수아는 웹소설 대신 연주와의 통화를 선택했다. 연주와 수아는 금요일 이후 거의 매일 카톡이나 전화를 하게 되었다.

"그 시선공포증 환자님이요? 아니거든요. 분명 학원생들 빼돌려서 자기 극단에서 입시팀 만들려는 속셈일 거야. 재작년 채선생처럼."

연주는 일하는 동안에 세 번 정도 뒤통수를 맞았다. 재작년, 연기를 포기하고 고향집 과수원 일을 하기로 했다던 채선생은 자기 극단으로 학원생을 빼돌렸다. 일곱 명의 학생들을 데리고 소규모 입시과외반을 만들었다.

각 반에 여덟 명이 정원인데 한 명만 남은 것이다. 그 남은 한 명은 프렌치 키스하다 연주에게 들켰던 세라였다. 세라는 다른 반에 남자 친구가 있어서 따라가지 않았다. 세라의 키스는 연주의 인생을 통틀어 가장 고맙게 느껴진 키스가 되었다. 채선생을 따라서 특기를 짜주던 현대무용 선생도 같이 빠져나갔다. 일 년 후 또 한 명, 조선생은 극단 동기와 학원을 차리면서 애들을 빼갔다.

첫 뒤통수 땐 충격으로 정신이 혼미했지만 두 번째는 나름의 대비로 두 명만 빼앗겼다. 조선생과 동기인 동업자가 사실 그녀와 같은 학교 출신이었다. 괜찮은 입시 선생을 구하려 수 년 만에 동창회에 나갔는데 레이더가 움직였다. 연주는 곧장 소문의 소문을 따라갔고 동업하는 연기 담당 선생이 조선생임을 알 수 있었다. 아니나 다를까 조선생 반 애들과 개별면담을 해보니 새로 오픈할 학원으로 옮길 준비를 하고 있었다. 자그마치 여섯 명이나 놓칠 뻔했다. 방학특강 수업 할인과 특기 수업반을 원하는 대로 바꿔준다는 조건으로 네 명을 지켜냈다. 원장은 두고두고 이 일을 기뻐했고 다른 부원장들을 교육할 때 좋은 레퍼런스로 써먹었다. 그렇다고 격려금을 받은 건 아니었지만 연주에겐 훈장처럼 기억되었다.

수아는 연주의 추리에 시큰둥했다.

"에이, 그런 일에 뭐하려고 부원장님 컴퓨터까지 훔쳐봐요. 애들 정보야 애들한테 물어보면 되죠. 박선생님이라는 분, 애들한테 인기 많다면서요?"

수아의 말이 맞았다. 연기 선생님과 아이들은 입시라는 거대한 산 앞에서 가족보다 더 끈끈해진다. 부원장이나 원장이 컴퓨터로 정리해놓은 개인 정보보다 더 깊은 정보를 공유하기 마련이었다.

학원 쪽에서 오히려 박선생의 컴퓨터를 뒤져야 할 판이다.

게다가 학원생을 훔쳐가려면 죽은 듯이 조용히 움직여야 들키지 않는 법.

이렇게 뒷손이 들키는 건 앞뒤가 맞지 않다.

"입시용 악보! 그래! 뮤지컬 엠알 자료 복사한 거야!"

특기를 만들 때 다른 경쟁자들과 겹치는 건 피하는 게 좋았다. 그러다보니 뮤지컬 노래를 특기로 준비하는 학생들에게는 자신이 잘 부를 노래 한 곡과 흔하지 않은 노래 한 곡 정도를 각각 준비하기 마련이었다. 최신 뮤지컬 악보는 구하기 힘들다. 저작권 문제도 있어서 학원에서 어렵게 구하거나 일일이 음을 따서 만들곤 했다. 수아는 전화로 컴퓨터 사용 기록을 살펴보라고 조언했다. 그러나 그날 컴퓨터 사용 기록을 보니 마지막 기록은 연주의 스케줄러 백업 파일뿐이었다.

"아닐 줄 알았어요. 그 박선생님, 언니한테 관심 있는 거 맞다니까! 이건 백 프로예요."

수백 편의 웹소설을 독파한 충성스런 독자로서 수아는 자신의 레이더를 확신했다.

"아니라고!"

연주는 발끈해서 큰 소리를 냈다. 순간 전화기 너머 정적이 흘렀다. 연주는 실수했나 싶어 얼른 수아에게 사과했다.

"미안해요. 오늘 좀 피곤해서요. 주말에도 제대로 못 쉬어서….."

"아니에요, 언니. 제가 미안해요. 저랑 술 마시고 얘기하느라 피곤하시죠? 쉬지도 못하고 제가 눈치가 없었어요."

연주가 다시 뭔가 말하려는데 수아가 반려견 사랑이가 짖는다며 허둥지둥 전화를 끊었다. 사랑이는 얌전한 강아지여서 잘 짖지 않았다. 연주가 통화하는 내내 사랑이의 소리는 들리지 않았다.

'아, 이게 아닌데….'

연주는 자신이 다 망친 것 같아서 우울해졌다. 오랜만에 좋은 친구가 생겼다고 여겼는데 이대로 끝나는 건 아닌지 불안감이 몰려왔다. 하긴 스물둘이면 한창 주변에 사람 많고 모임 많을 시기였다. 일곱 살 많은 언니보다 훨씬 선택지가 많을 것이다. 연주는 괜히 어린아이를 붙잡고 자신이 시간 낭비, 마음 낭비를 하는 듯했다.

그 뒤로 수아로부터 전화나 문자가 없었다. 연주 역시 마음이 쓰여서 몇 번이고 핸드폰을 뒤적댔지만 먼저 연락하지 않았다. 차라리 이대로 그냥 조용히 끝나면 좋겠다 싶었다.

그렇게 일주일이 훌쩍 지났고 또 다시 돌아온 금요일, 수아가 갑작스레 연주 앞으로 나타났다.

"언니, 맥주 마시러 가요!"

학원 문을 닫고 돌아서는데 수아가 서 있었다. 연주가 문 닫을 시간에 맞춰 왔단다. 얼떨떨해하는 연주의 팔짱을 끼고 수아가 성큼성큼 걸었다. 그리곤 근처 미리 알아둔 수제 맥줏집으로 끌고 갔다.

"무대에서 보니까 키도 크고 훈남이던데요? 언니가 말할 땐 찌질인 줄 알았어요."

수아는 연주의 학원 홈페이지를 뒤져 박선생의 SNS를 알아냈다고 했다. 그리곤 주말에 하는 그의 연극을 보러 갔다고 했다. 자신이 최고로 애정하는 언니가 어떤 남자와 곤란에 빠졌는지 궁금했단다. 수아가 자신을 최애 언니라고 불러주자 연주는 순식간에 아홉 번째 구름으로 오르는 기분이 들었다.

"그렇게 괜찮으면 수아 씨 할래요?"

"됐거든요."

"내가 적극적으로 도와줄 수 있어요."

"방화문 회사 찾아준 것도 그렇고 분명 언니한테 호감 있다고요. 정말 별로예요?"

수아가 진지하게 연주를 바라보며 물었다.

'박선생이라….'

한 번도 상상해본 적 없던 연애 대상이었다. 연주가 대답이 없자 수아 혼자 자신의 에일 맥주잔을 잡았다. 맥주잔을 드는 순간 블라우스 옷깃에서 손목시계가 슬그머니 튀어나왔다. 수아가 와인 바로 찾으러 갔던 그 시계였다. 시계판에는 영국의 상징인 런던 시계탑이 그려져 있었다. 수아의 런던 시계탑은 연주를 다시 과거로 데려갔다.

"연주 넌 너무 순진해. 공연예술을 전공해서 그런가? 입장 차이라는 게 있는 거야. 고용인과 피고용. 너도 고용자가 되면 지금 입장과 상당히 달라질걸?"

정호는 영국에서 일본인 사장이 하는 스시 집 아르바이트를 하며 만났다. 스시 집 사장은 시간 외 일을 더 시키면서 같은 일본인이나 영국 국적의 아르바이트생에게는 일당을 제때 지급했다. 그런데 다른 나라 유학생에게는 미적미적 줬다. 그러다가 자신의 나라로 돌아가야 할 시간이 다가오면 못 받고 귀국한 사람도 꽤 있었다. 연주도 귀국 날이 임박해서 임금을 떼일 뻔했으나 정호가 사장을 능글능글하게 잘 구슬려 받아줬다.

"일한 대가는 반드시 약속한 날 줘야지. 그걸 지키지 않는 게 무슨 입장 차이라는 거야?"

스시 집 일을 말할 때면 정호는 이상한 논리를 폈다. 사장이 분명 잘못한 일인데도 연주가 마치 미숙해 현실을 잘 모르는 사람으로 취급했다.

"연주 넌 아무것도 걱정하지 마. 세상 더러운 건 내가 다 맡아서 하면 되니까 넌 그냥 좋아하는 공연 일 하면 돼."

영국의 스시 집에서 차가운 날생선을 고슬고슬한 밥 위에 얹을 때면 정호는 가끔씩 연주의 목덜미에 키스하곤 했다. 순간 연주는 온몸이 뜨거워져 자신의 손에 닿은 날생선이 데워질까 염려했었다.

"언니, 술 안 마셔요?"

정호와의 추억에 빠져 있던 연주를 수아가 다시 현실로 돌아오게 했다.

두 사람은 각자의 맥주잔을 비우고 자리에서 일어섰다.

"제가 왜 와인 모임에 간 줄 아세요?"

수아가 갑작스레 모임 이야기를 꺼냈다. 두 사람은 맥줏집을 나와 다음 술집을 찾고 있었다. 가을밤 공기가 싸늘했지만 술 때문에 달아오른 몸이 따뜻해서 견딜 만했다. 차가운 바람과 따뜻한 몸의 온도가 부딪히면서 묘한 감각을 느끼고 있던 때였다.

"이거 완전 흑역사거든요. 이야기 들으면 한심하게 여길걸요."

수아는 말을 꺼낼까 말까 망설이는 듯했다.

"나야말로 한심하지. 사실 수아 씨랑 그렇게 전화 끊고 새가슴이었다니까. 먼저 전화하면 되는데 겁이 났어요."

연주의 고백에 수아는 결심이 선 듯 자신의 이야기를 꺼냈다.

"다신 안 할 거니까 듣고 잊어주세요."

두 사람은 술집 찾던 걸 멈추고 가로등 아래 벤치에 나란히 앉았다.

수아는 작년, 3개월 동안 책을 만드는 독립 출판 워크숍에서 남자를 만나 연애를 했다고 한다. 남자는 그 워크숍의 강사였다. 대기업 출판 회사의 홍보팀에서 일하다가 퇴사해 1인 출판사를 차렸다. 오리엔테이션에서 참가자들은 자신들이 만들고 싶은 책에 대해 말하는 시간을 가졌다. 그들 대부분 자기계발, 여행 사진집 혹은 에세이 등을 만들고 싶다고 했다.

"좋은 공연장을 고르는 법에 대해 쓰고 싶어요."

수아는 전문대를 졸업하고 규모가 큰 공연장의 경영관리팀에서 일하고 있었다. 원래 공연장엔 관심이 없었는데 일하면서 관심이 생겼다. 다양한 공연장을 스스로 발품 팔아 다니며 공연장의 구조나 시설에 따라 좀 더 좋은 공연이 된다는 것을 깨달았다. 물론 공연 그 자체가 좋아야 하지만 그것을 담는 그릇도 좋아야 했다. 그 디테일의 차이를 좀 더 사람들에게 알리고 싶어졌다. 그래서 출판 워크숍을 신청했다는 것이다.

수아의 발표에 그 강사는 관심을 가졌고 워크숍이 끝나고 두 사람은 첫 데이트를 했단다. 그는 수아가 만났던 남자들 중 가장 좋은 스펙과 매너를 가졌다고 했다.

"금테 두른 띠지, 유명한 디자이너가 표지에 힘을 잔뜩 준 양장본들, 그런 책은 정말 계륵이라고. 어디 넣고 다니기 무겁지, 띠지는 떼서 버리려니 아깝고 끼워두자니 필요도 없고. 그러다가 손을 베이거나 혼자 저절로 찢어져 있다니까. 들고 다니는 책으로는 페이퍼 북이 최고야. 게다가 요즘 페이퍼 북은 디자인도 좋은 편이거든."

남자는 하나하나 책에 대해 알려주었고, 수아는 열심히 고개를 끄덕이며 들었다. 대형서점뿐 아니라 작은 동네 책방을 다니면서

두 사람은 데이트를 했다. 오 개월 정도 매주 만나는 동안 두 사람은 살뜰하게 추억을 쌓았다. 서른세 살이었던 남자는 20대인 그녀에게는 과한 데이트 비용을 썼다. 최고급 와인 바나 이탈리안 셰프가 운영하는 맛집으로 데려갔다. 수아를 위해 골라놓은 한정판 사진집이나 책을 선물로 자주 안겨주었다. 그리고 만난 지 오 개월이 지난 작년 겨울 끝자락에 남자는 영국으로 떠났다. 영국의 출판사와 서점을 일주하며 자신만의 아이템을 찾는 여행이라고 했다. 이미 워크숍 강사를 하기 전부터 계획된 것이라고, 일정이 언제 끝날지 모른다고 했다. 남자는 아무런 약속 없이 영국으로 떠났고 수아는 그를 배웅하고 돌아오는 길에 손목시계를 샀다.

"한국을 떠나기 전에 마무리할 뭔가가 필요했겠죠. 그게 아기자기한 연애라면 더할 나위 없이 좋았을 거예요. 한국과 영국 사이의 시간을 채울 충전재로 제가 선택된 거 아니겠어요."

"정말 그걸로 마지막이었어요? 연락 안 했어요?"

"인스타 보니까 괜찮은 영국 여자랑 사귀고 있던데요."

이후 수아는 마음을 달래려 여기저기 각종 모임을 다녔다.

"워크숍에서 갑작스레 그 사람을 만난 것처럼 다른 사람을 만나고 싶었어요. 그런데 그런 행운은 다시 오지 않더라고요."

와인 모임도 그래서 나갔던 건데 마침 연주를 본 것이다. 연주를 보는 순간 모든 것이 깨끗해지고 밝아졌다고 했다.

"언니는 정말 순수하게 그 시간을 즐기려고 나온 사람 같았어요."

출판 워크숍에서 아무런 생각 없이 순수한 마음으로 앉아 있던 최초의 자신을 만나는 듯했다고.

"그렇다고 그 사람을 만난 거 후회하지 않아요. 그때가 아니면 만날 수 없었을 테니까요."

수아는 시계를 풀어 연주의 빈 손목에 채웠다.

그리곤 마침 골목을 빠져 나오던 택시를 잡아타고 떠났다.

혼자 남은 연주는 수아의 손목시계를 바라봤다. 다시 정호가 떠올랐다.

영국에서 귀국 후 정호와는 4년간 연애를 했다. 연주가 스물일곱 살이 되던 해, 자연스레 결혼 이야기가 나왔다. 가장 오래 만났고 가장 깊이 사랑한 남자였다. 하지만 정호는 늘 어딘가 들떠 있었다.

"월급으로는 희망이 없어. 차곡차곡 모아봤자 제자리걸음이라고."

그는 언제나 고용주, 임대인 혹은 사업가를 꿈꾸었다. 영국식 영어가 고급 영어라며 영국으로 유학을 갔고, 인맥이 좋아야 성공한다며 경영대학원까지 다녔다. 그의 부모님은 시장에서 작은 과일가게를 운영했다. 그들은 외동아들인 그를 위해 빚을 내서 모든 것을 지원해주었다.

정호가 차곡차곡 일해본 것은 영국에서 연주와 스시 집에서 일한 게 다였다. 연주에겐 그때 그 모습이 각인되어 있었다. 정호가 결혼하게 되면 그때처럼 성실해질 줄 알았다. 그러나 정호가 경영대학원에서 알게 된 대기업 지인의 정보를 듣고 주식에 투자하면서 파국을 맞았다. 부모님에게선 더 돈이 나올 여력이 없자 연주의 명의를 도용해 몰래 대출을 받았다. 주문했던 청첩장이 택배로 도착해 막 뜯어보던 차에 알게 되었다. 대출업체에서 본인 확인을 위해 연주에게 전화가 걸려온 것이다.

정호는 연주에게 그 전화가 갈 것을 알고 있었고, 이왕 이렇게 된 거 대출해달라고 설득할 심산이었다.

그 전에도 연주는 정호에게 돈을 빌려주었다. 아직 직장을 구하지 못했던 그가 기죽지 않도록 신경을 썼다. 연주 역시 공연업체 쪽 일을 하면서 불규칙한 수입이었으나 영어 과외로 꽤 돈을 벌었다. 정호의 대학원 모임이나 그곳에서 알게 된 투자 건에 대해 알지도 못하면서 순수하게 그를 위해 돈을 건넸다. 그러나 이젠 그녀의 통장에도 한계가 왔다.

결국 청첩장은 돌리지 못했고 연주는 정호와 헤어졌다. 그와 동시에 공연업체 지인 소개로 들어온 지금의 입시학원 일을 맡았고 부원장이 되었다.

다음 날, 수업이 거의 끝날 무렵이었다.

수아가 준 손목시계를 만지작거리고 있을 때, 사무실 노크 소리와 함께 문이 열렸다.

프렌치 키스의 대가, 세라였다.

"선생님, 저 30분만 더 연습하고 가면 안 돼요?"

어라? 연습이라곤 거울 보는 게 다인 거울공주가 웬일이람, 싶었다.

그런데 문제는 30분 뒤면 지하철이 끊긴다는 거다. 최신형 고급 세단을 탄 아빠가 세라를 데리러 오겠지만 연주는 데리러 올 사람이 없었다. 학원에서 집까지는 택시비로 이만 원 가까이 깨지는 거리다. 그렇다고 연습하겠다는 애를 안 된다고 했다간 학부모님이 어떻게 나올지 뻔했다.

"연습하고 가렴."

연습이 끝나고 세라는 최신형 고급 세단을 타고 떠났다.

"데려다 드려요?"

문을 닫으려는데 세라의 담당인 박선생이 슬쩍 말을 걸어왔다. 세라가 대사 연습하는 걸 봐준다고 같이 남았던 모양이다.

"차 있으셨어요?"

분명 박선생은 연주처럼 뚜벅이었다. 가끔 퇴근길 지하철 안에서 마주치곤 했다. 물론 그때도 박선생은 그녀를 아는 척하지 않았다.

"저번 주에 새로 뽑았어요."

삑! 소리에 돌아보니 크림색 경차가 서 있었다.

"아뇨, 택시 타고 가면 돼요."

"그때 보니까 사당에서 내리시던데 저도 집이 이수 근처거든요. 타세요."

자신이 내리던 역을 기억하고 있다니, 연주는 박선생이 더 싫어졌다.

이 남자, 연주의 뒤통수를 치려는 건지 수아의 말대로 자신을 좋아하는 건지 알 수 없었다. 차라리 빨리 일이 터져버렸으면 좋겠다. 눈에 보이지 않는 것들이 사람을 가장 미치게 하는 법이다. 정호의 대출업체로부터 전화가 걸려왔을 때처럼 모든 것이 선명해지는 게 낫다.

박선생이 차 문을 열었다.

"데려다 줄게요."

문이 열린 자동차 안이 거대한 동굴의 입구처럼 느껴졌다. 겁이 나서 뒤로 물러서는데 박선생이 버티고 서 있었다.

'그래, 적을 알아야 대처하지.'

연주는 어깨에 걸고 있던 백을 꽉 쥐었다. 그리곤 박선생이 문을 연 조수석 자리가 아니라 뒷문을 열고 앉았다. 허둥지둥 박선생은 운전석에 자리했다.

안전벨트를 매고 사이드 미러며 의자 위치를 잡는 모습이 초보자인 게 분명했다.

박선생의 차는 사당역을 향해 달리기 시작했다.

그러다 까무룩 잠이 들었나 보다.

연주가 눈을 떠보니 어라? 집으로 가는 길과 반대로 한참을 돌아가고 있었다.

"죄송해요. 빠른 길로 온다는 게 내비를 잘못 봐서 엉뚱한 길로 들어와 버렸어요."

"저쪽 갓길에 그냥 내려주세요. 택시 타고 가면 돼요."

"조금만 가면 돼요."

"됐다니까요!"

"너무 늦어서 위험해요."

갑자기 연주의 입에서 예상치 못했던 말이 밖으로 튀어나왔다.

"제 컴퓨터, 몰래 켜봤죠?"

"…."

박선생이 핸들을 꺾어 휙 골목길로 들어섰다.

"지금 어디 가시는 거예요?"

"잠깐 이야기 좀 해요."

간신히 좁은 골목을 빠져나와 박선생의 차는 초등학교 담벼락 근처에 섰다.

박선생은 차를 대자마자 연주 쪽으로 고개를 돌렸다.

"죄송해요. 제가 장롱면허여서 운전이 서툴러요."

연주가 차 문을 열려는데 잠금이 걸려 있어 열리지 않았다.

"잠금장치 풀어요."

연주는 낮고 단호한 목소리로 말했다.

"저, 할 이야기가 있어요."

박선생은 연주를 똑바로 쳐다봤다. 그의 시선이 연주를 삼킬 듯했고 연주는 숨이 막힐 것 같았다. 제발 아무것도 듣고 싶지 않았다.

"차 문 열라고요!"

연주는 문 손잡이를 움켜쥐고 거칠게 흔들어댔다.

"학원 그만둘 거예요."

그 말에 연주는 손잡이를 놓쳤다. 연주가 그제야 자신을 바라보자, 박선생은 침착하게 입을 열었다.

작년 부산 4년제 대학에 연극영화과가 신설되었는데 그곳 주임교수로 가게 되었다고 했다. 박선생은 상위 1%의 대학에 입학, 수석으로 졸업했다. 극단을 운영하면서 상도 여러 차례 받았고 자신이 쓴 희곡이 영화화되기도 했다. 이런 스펙은 서울에서는 차고 넘치지만 지방에서는 꽤 희소성이 있었다. 올해 학원 입시만 마무리하고 내려가게 되었다고 했다.

"잘되셨네요. 축하드려요."

연주는 마음에도 없는 소리를 하며 다시 문 손잡이를 잡았다.

"이야기 끝나면 열어줄 테니, 잠시만요."

이번엔 박선생이 낮지만 단호한 목소리로 말했다.

"가까운 학교를 찾아봤지만 좋은 곳은 다 차버렸고 안정적인 곳은 거기밖에 없었어요. 뭔가 준비가 완벽하게 되면 고백하려고 했어요."

서울에서 500km나 넘게 떨어진 곳으로 가게 된 건 좀 더 미래가 있는 남자가 되고 싶어서였다고, 그래야 자신에게 시선을 줄 것 같아서였다고 했다.

박선생은 자신의 이야기를 모두 쏟아냈다.

연주가 소개팅이 있을 때면 그녀가 누군가와 사귈까 봐 전전긍긍했고, 그 때문에 연주와 대면할 때면 표정이 어두웠다고 했다. 우연히 훔쳐본 스케줄러로 와인 모임을 나간다는 것을 알게 되었다. 그게 신경 쓰여 그날도 전화와 문자를 했다는 것이다. 무리해서 지금의 차를 산 것도 하루빨리 고백할 수 있는 남자가 되기 위해서였다고 했다.

갑자기 차 안의 공기가 뜨겁게 느껴졌다.

연주는 심리적 방어선을 지키기로 했고 엉뚱한 말을 꺼냈다.

"채선생님이랑 같은 극단 출신이시죠?"

"네? 갑자기 채선생님은 왜…?"

"아마 극단 선배님에게 배우신 모양인데 애들 빼돌릴 생각하지 마세요. 이번엔 정말 가만있지 않을 거예요."

박선생은 어이가 없는지 입이 딱 벌어져 있었다.

"하, 진짜 황당하네요. 여태까지 뭘 들은 거예요? 그리고 나를 그런 싸구려로 봤어요?"

진심으로 화가 난 박선생은 연주를 향해 고개를 있는 대로 꺾으며 말했다.

"그리고 학원생을 빼돌리려면 몰래했겠죠. 제가 부원장님 컴퓨터를 훔쳐봐서 뭐하게요!"

"알겠으니까 일단 차 문 열어줘요."

"데려다 준다니까요!"

박선생은 화가 나서 사이드 브레이크를 풀자마자 엑셀을 밟았다. 그대로 학교 담 쪽에 세워둔 주차금지 입간판을 들이받고 말았다. 쾅 소리에 놀란 동네 개들이 짖어댔다. 개들보다 더 놀란 박선생은 뒤로 차를 빼다가 이번엔 쿵! 벽을 들이받아버렸다. 우지끈하고 범퍼가 함몰된 소리가 났다. 이번엔 길고양이들이 울어댔고 동네는 순식간에 개와 고양이들의 울음으로 가득 찼다.

박선생은 재빨리 차에서 내려 연주가 앉은 쪽 차 문을 열었다. 연주는 튕기듯 자리에서 일어나 차 밖으로 나갔다.

"괜찮아요?"

그녀가 걱정되어 다가서는데 퍽! 연주의 가방 모서리가 박선생의 얼굴을 가격했다.

갑작스런 공격에 박선생은 맞은 부위를 감싸며 물러섰다.

"이게 무슨 짓이에요!"

연주가 그를 향해 소리 질렀다.

"혹시 그때 그 알림판, 그것도 박선생님이 없앤 거 아니에요?"

박선생은 말없이 고개를 끄덕였다.

연주의 습관을 알고 일부러 학원생을 사무실 문 앞에 세워두고 사진을 찍어 보냈던 거다. 사무실 문에 알림판이 사라진 걸 알면 정리 강박이 있는 그녀가 달려오지 않고는 못 배길 테니까.

"언제부터 알았어요?"

연주의 말에 박선생은 그만 웃고 말았다. 그는 학원 면접을 보던 첫 날부터 연주의 습관을 알아챘다.

면접을 보러 사무실에 들어섰는데 연주는 뭔가에 집중한 터라 누가 들어오는지 모르고 있었다. 살짝 그녀 뒤편에 서서 보니, 책상 위 볼펜을 트레이에 놓는 데 열중하고 있었다. 가지런히 키 순서대로 놓는 모습이 흡사 굉장히 중요한 제의를 지내는 것 같았다.

학원에 출근하게 된 후에는 탈의실에 마구잡이로 던져놓은 가방들을 가지런히 정리하는 모습을 봤다고 했다. 연주가 자기 자리에서 자신만의 리듬으로 최선을 다하는 사람임을 알았단다. 시간이 흘러도 흐트러짐 없고 정돈된 루트로 움직이는 그 모습이 완벽한 세계처럼 보였다고 했다. 마치 자신만의 성에서 사뿐사뿐 움직이는 인형처럼!

언제부터인지 박선생도 아이들의 가방을 가지런히 정리하고 있었다. 그리고 그녀가 질서정연하게 만들어놓은 그녀만의 성에 들어가고 싶어졌다고 했다. 그 성에 들어가려면 박선생 자신의 인생도 순서를 정리해야 했고 그러다보니 부산까지 학교를 알아보게 된 것이다.

박선생의 이야기에 연주는 감동이 아니라 혼란스러워졌다.

연주의 일상을 1년 넘게 훔쳐보고 조종까지 하더니 이젠 사귀자고?

그런데 그때 손목에 차고 있던 수아의 시계가 눈에 들어왔다.

무언가, 연주의 속에서 툭, 하고 끊어지는 기분이었다.

연주는 들고 있던 가방 손잡이를 꽉 잡았다. 그리고 있는 힘껏 박선생을 내려치기 시작했다.

"연주 씨! 왜 이래요? 그만해요!"

반항할수록 연주는 더 힘껏 가방으로 박선생을 내리쳤다.

그의 어깨며, 등짝, 가슴팍을 향해 휘둘러댔다.

"그만! 그만하라고요!"

박선생은 간신히 연주의 가방을 낚아챘다. 연주가 다시 가방을 뺏으려 하자 그녀의 손목을 잡았다. 그리곤 그대로 그녀를 끌어안았다.

"이거 놔요!"

연주는 그를 밀쳐내려 했다. 허나 박선생이 그녀를 안고 놓아주지 않았다. 연주가 아무리 몸부림쳐도 소용없었다. 이내 힘이 빠진 연주가 천천히 말문을 열었다.

"고백, 못 들은 걸로 할게요."

"들은 걸 어떻게 못 들은 걸로 해요?"

"순전히 박선생님 혼자만의 감정이잖아요. 그걸 받아들이지 않을 권리, 있지 않나요?"

"정말 나 혼자만의 감정이에요?"

"…."

"그럼 그때 지하철에선 왜 그랬어요?"

연주는 놀라 그대로 얼어붙어버렸다.

자고 있지 않았었나? 그걸 아직도 기억하고 있다니.

작년 겨울, 우연히 지하철을 같이 타고 퇴근한 적이 있었다. 연주가 타고 보니 같은 칸에 박선생이 있다는 걸 알았다. 그는 자리에 앉아 졸고 있었다. 이내 박선생 옆 자리가 비었고 망설이던 연주가 그 곁에 앉았다. 지하철이 흔들리면서 박선생과 연주의 손이 닿았다. 연주는 슬쩍 그의 손을 내려다봤다. 파란 핏줄이 흰 피부 아래 보기 좋게 자리 잡고 있었다.

연주는 박선생과 손등을 맞대고 있다가 그의 손 위로 자신의 손을 포개었다. 지하철이 연주가 내려야 할 곳에 닿기 전까지 계속 그렇게 하고 있었다.

그때 아는 남자 누구였어도 같은 행동을 했을 거라고 말해주고 싶었다. 그저 연말이라 외로웠고 긴장이 풀렸다고.

"무슨 말을 하는지 모르겠어요."

"그 말 진심입니까? 후회하지 않을 자신 있어요?"

박선생은 연주를 뚫어져라 쳐다봤다. 연주는 그의 눈동자 속에 온몸이 빨려 들어갈 것만 같았다.

멀리 바닥에 떨어져 있던 연주의 가방에서 핸드폰이 울렸다.

'수아일까?'

연주의 핸드폰은 한참을 울리더니 끊어졌다.

'그 사람을 만난 거 후회하지 않아요. 그때가 아니면 만날 수 없었을 테니까요.'

수아의 목소리가 들리는 듯했다.

연주는 박선생의 품에 안긴 채 길게 숨을 들이쉬었다가 내쉬었다. 그런 다음 자신의 손을 차례차례 박선생의 재킷 주머니 속으로 넣었다.

움찔 놀란 박선생이 포옹을 풀고 그녀를 바라봤다.

그리고 자신도 손을 넣어 주머니 속으로 들어온 연주의 손을 맞잡았다.

천천히 박선생의 얼굴이 그녀에게로 가까워졌다. 입술이 거의 닿으려 했다. 너무 오랜만의 일이라 연주는 호흡이 떨려왔다.

'이럴 줄 알았으면 세라에게 키스하는 법을 물어볼걸.'

째깍째깍 시계판에 그려진 그림 속 시계탑이 움직이기 시작했다.

"나, 정말 괜찮은 언니 번호 땄어!"

전화기 너머 들리는 은하의 목소리는 그야말로 흥분 그 자체였다.

한 달 전 요즘 책을 너무 안 읽는다고, 어떻게 하면 책과 친해질 수 있

을까 물어보던 그녀였다.

은하에게 한 달에 한 권, 얇은 두께의 책을 읽는 독서모임을 추천했다.

그곳에서 은하는 번호를 땄다고 했다.

일곱 살 연상인, 큰 회사의 경영팀에서 일하는 그녀의 번호를.

유행을 타지 않는 자신만의 스타일로 입은 옷차림.

잘 관리한 듯 멋진 몸매, 작은 얼굴에 어울리는 쇼트커트까지.

은하가 꿈꾸던 성숙하고 멋진 여성의 모습이라고 했다.

"나, 그 언니처럼 나이들 거야."

은하는 부지런히 그 언니와 연락해서 같이 식사도 하고 영화도 보

는 듯했다.

어떻게 된 일인지 비건에 가까운 식성, 다큐멘터리를 좋아하는 취향,

그리고 반려견을 키우는 것까지 딱 맞아 떨어진다고 했다.

만나면 만날수록 무섭도록 맞는 두 사람의 모습에 은하는 전율까지

느낀다며 호들갑이었다.

"네가 지금 여자 번호 딸 때니? 남자나 좀 어떻게 해봐."

나의 핀잔에도 은하는 곳곳이 자신이 얼마나 괜찮은 여자사람의 번호
를 땄는지 자랑했다.

내심 부럽고 질투가 났지만 꾹 참고 들어줬다.

이번 주말에 같이 만나자고 했지만 난 그때 봐서 그러자고 한 후 전
화를 끊어버렸다.

'저렇게 달떠서 좋아하다가 또 상처받으면 안 될 텐데.'

사실 나의 은하가 이번에 또 어떤 사람을 만났는지 걱정부터 되었다.

'세상의 괜찮은 사람은 모두 이민 갔거나 결혼해버렸다.'

이것이 나의 지론이었다.

그런데 은하는 정반대였다.

'세상의 괜찮은 사람은 내가 노력하면 만날 수 있다!'

초긍정 캔디 스타일의 은하는 많은 일을 겪었다.

사람을 순수하게 좋아해서 뒤통수를 자주 맞았고, 나쁜 남자들에
게 상처를 받았다.

하지만 끝에 가선 꼭 그들이 은하를 다시 찾아와 무릎 꿇었다.

그녀만큼 순수하게 자신을 돌봐준 사람이 없었기에 후회하는 것이었다.

허나 은하는 재회했을 땐 단칼이었다.

친구든, 남자든 두 번 다시 받아주지 않았다.

주말, 은하에게서 전화가 왔다.

만나기로 했던 그 멋진 언니에게서 바람을 맞았단다.

어렵게 구한 표라서 날리기 아깝다고 했다.

나는 은하에게 달려갔고 같이 공연을 봤다.

"야, 이렇게 비싼 공연은 그 언니랑 보고 나는 뭐냐?"

"넌 뮤지컬 안 좋아하잖아."

"비싼 공연은 좋아하거든요."

"무식하게 작가가 할 소리니?"

나와 은하는 그렇게 티격태격하며 공연장 밖으로 나왔다.

그리고 자주 가던 와인 바로 향했다.

은하는 처진 어깨로 나지막이 말했다.

"언니가 정말 보고 싶어 했다고. 그래서 밤새도록 구한 건데."

"그 사람은 널 만날 타이밍이 아닌가 보지. 사정이 있을 거야."

그리고 잠시 후 카톡 알림음이 울렸다.

순간 그 언니일 거라는 생각이 들었다.

두근두근, 핸드폰을 꺼내들었다.

은하의 얼굴이 카톡 창 불빛처럼 밝아졌다.

"왜 바람 맞혔대?"

"비밀! 그 언니랑 내일 만나기로 했어. 언니가 너도 같이 와도 된대.
같이 가면 말해줄게."

아, 비밀은 궁금하지만….

새로운 사람을 만나는 건 울렁증 때문에 부담스러운데….

재깍재깍, 시간은 가고 결심은 서지 않는 밤이다.

Part 4

뱀띠 남자와 사는 법

오늘도 남편에게서 전화가 없다.

소미 역시 알고 있다. 남편이 먼저 소미에게 전화 걸 리는 없다는 것을.

핸드폰을 꼭 쥔 채 이 방, 저 방으로 옮겨 다니다 풀썩 거실 바닥에 널브러졌다.

습기를 먹은 새 마룻바닥은 더 차갑게 느껴졌다. 이사를 들어오면서 화장실 수도꼭지 하나까지 모두 바꿔버렸다. 소미의 새 집에서 오래된 건 소미뿐이었다.

아파트 거실 창 너머 올해 첫 봄비가 쏟아지고 있었다.

포근했던 3월의 날씨는 봄비와 함께 뚝 떨어졌다. 빗소리에 전화음을 듣지 못할까 소리를 최대로 키워뒀지만 소용없는 짓임을 알고 있었다.

감기 때문에 몸이 으슬으슬 떨렸다. 소미는 소파에서 담요를 끌어내려 몸을 돌돌 말았다. 인욱의 목소리가 간절했다. 그의 목소리를 들으면 나을 것 같았다. 하지만 이번엔 그녀가 먼저 전화할 수 없다. 예전처럼 무조건 자신이 잘못했다, 다신 그러지 않겠다고 말하면 끝날 문제였다. 그러면 인욱은 마지못해 어쩔 수 없다는 듯 말할 것이다.

"다음부턴 그러지 마."

그리곤 부스러뜨릴 듯 자신을 안겠지. 꽉 안긴 그의 품에서 소미는 펑펑 울 수밖에. 다음 날이 되면 그는 마흔두 살의 따뜻한 남자로 돌아올 것이다.

아, 지금이라도 인욱의 회사 앞으로 달려가고 싶다. 소미의 마음은 굴뚝 같았지만 그럴 수 없다.

그는 소미가 일주일 전, 그 문제의 집들이로 인해 지독한 감기에 걸린 것을 알고 있었다. 집들이 직후 두 사람은 처음으로 큰소리로 싸웠다. 다음 날, 소미의 얼굴은 열에 들떠 데인 것처럼 부어 있었다. 침을 삼키기 힘들 정도여서 끼니를 거르고 앓아누웠다. 그런데도 소미를 본 척도 하지 않았다. 그 다음 날, 일요일 점심 땐 혼자 나가더니 음식 냄새를 잔뜩 묻히고 들어왔다. 소미와 그가 단골로 자주 가던 태국 음식점의 향신료 냄새였다. 그렇게 혼자 식사를 하고 들어와선 쾅, 서재의 문을 닫고 나오지 않았다.

소미는 침대에서 고열과 허기에 뒤척대며 울다가 잠들었다. 눈을 떴을 땐 이미 월요일 오전이었고, 그는 사라지고 없었다.

마흔두 살의 남자와 사는 것이 이렇게 힘든 일일까?

열세 살 아래인 소미는 이해하기 힘들었다. 나이 차이가 많이 나면 사랑받을 줄 알았는데 거짓이었다.

사실 그녀도 결혼 전부터 그의 이런 성격을 잘 알았다.

인욱은 굽히는 걸 죽기보다 싫어했다.

자신의 차 앞으로 예고없이 끼어드는 차가 있으면 반드시 추월해서 진로를 방해했다. 그러다 자신의 실수로 교통사고가 나도 사과하지 않았다. 어차피 보험에서 해결할 일이라며, 보조석에서 넋나가 있던 소미에게 대수롭지 않게 말했다. 지체된 시간으로 입은 손해는 인욱과 그를 도발한 상대방도 똑같이 겪을 테니 상관없다고 했다.

언젠가는 소미와의 저녁 데이트에서 한 시간이나 늦은 적이 있었다. 그때 그는 태연한 얼굴로 나타나 대뜸 말했다.

"여기 너무 오래 있었지? 다른 데 가서 먹을까?"

레스토랑 안 사람들은 모두 소미 쪽 테이블을 흘깃댔다. 여자 혼자 창가 자리에 앉아 몇 잔의 물을 마셔대고 있었으니 궁금할 밖에. 게다가 그곳은 인기 요리사가 오너로 있어 늘 테이블이 꽉 차는 편이었다. 레스토랑 안 손님들과 그녀의 빈 잔을 채워주던 웨이터는 실시간으로 중계될 드라마를 기대하고 있었다.

하지만 드라마는 드라마일 뿐, 현실 세계를 제대로 구현하는 건

불가능하다.

사람들은 너무 어이없는 일을 당하면 아무 말도 하지 못한다. 따박따박 잘못을 따지고 물 잔을 끼얹는 것 따위는 연출된 상황에서 가능한 일이었다. 황당한 남자 주인공의 대사에 여주인공은 어리둥절한 얼굴로 고개를 끄덕였다. 아무 대사도 하지 못한 채.

남자 주인공은 그런 여주인공을 데리고 가격이 너 비싼 레스토랑으로 갔다. 그리고 그곳에서 가장 비싼 코스 요리를 시켰다. 소미의 테이블은 아름다운 식기와 요리들로 꽉 찼지만 그날 무엇을 먹었는지 제대로 기억나지 않았다. 목 안으로 음식을 삼키긴 했지만 자꾸 뭔가 걸리는 느낌이었다.

그땐 알지 못했지만, 6개월 정도 그와 살게 되면서 알게 되었다. 인욱에게 자존심은 사랑하는 여자보다 더 소중한 그 무엇이었다.

그놈의 자존심을 지키기 위해 인욱은 상견례에도 늦게 나타났다. 전날, 소미는 주말에 하는 운동 모임을 줄이고 결혼 준비에 집중해달라고 했다. 그는 사이클, 크로스 핏 등 각종 운동이 취미였다. 결혼식 당일엔 아마추어 농구대회에 나갔다가 간신히 시간 맞춰 식장으로 들어왔다.

"마흔 넘어도 관리 잘하니까 얼마나 보기 좋아. 너도 긴장하면서 살아. 이 참에 운동도 같이 배우고."

신부 대기실에서 눈물바람을 하던 소미에게 엄마는 그런 말로 위로했다.

"엄만 그걸 말이라고 해?"

소미는 더 큰 소리로 울어버렸다. 그러자 신부의 엄마는 성공적인 예식을 위해 그녀에게 최후의 한 방을 날렸다.

"그만 울지 못해! 내세울 거라곤 나이 어린 거랑 얼굴밖에 없으면서!"

소미의 꿈은 연기자였다.

중학교 때부터 연기학원을 다녔고 10대, 20대엔 숱하게 오디션을 봤다.

그저 연기가 좋아서 연극무대와 영화판을 쫓아다녔다. 매번 다른 사람이 되어 사는 것이 행복했고, 밤새도록 대본을 분석해도 배가 고프지 않았다. 하지만 그렇게 12년을 보내고 나자 지치기 시작했다. 스물여덟이 되자 10대 시절 친구들은 하나둘 안정적인 곳에서 자리 잡거나, 그 준비로 바쁘게 살고 있었다.

월급쟁이로 사는 건 기계 속 부품 같다며 질색이라 여겼다. 하지만 정직원이든, 아르바이트든, 삶의 현장에서 통장을 불리고 미래를 계획하는 모습은 확실히 자신보다 어른스러웠다. 기획사 없는 가난한 배우 생활에 적금통장은 한 번도 만들어본 적 없었다. 최소한의 보험은 아파트 상가에서 반찬가게를 하는 부모님이 메워주고 있었다.

100번이나 오디션에서 떨어진 후(사실 100번 이후 세는 것을 포기

했지만), 소미는 연기 생활을 접고 집으로 들어앉았다.

오랫동안 해왔던 연기 생활을 접고 나니 무엇을 해야 할지 알 수 없었다. 친구나 어른들은 하나같이 스물여덟은 젊은 나이라고, 무엇이든 할 수 있다고 했다. 하지만 소미는 너무 빨리 꿈을 위해 내달렸고 일찍 늙어버린 느낌이었다.

특별한 기술도 없고, 쌓아놓은 통장도 없던 소미는 겁이 났다. 석 달 내내 집에만 틀어박혀 나오지 않자 그녀의 엄마가 소미를 끌어냈다.

"집에서 나가든가, 아니면 선이라도 봐."

엄마의 외가 쪽 먼 친척 중 한 명이 결혼정보 회사의 팀장급이라고 했다. 친척 모임에서 소미의 엄마는 속상해 딸의 이야기를 털어놨다. 때마침 그 친척이 나이가 한 살이라도 어릴 때 결혼을 시키라고 했단다.

소미는 배우들 사이에선 그저 그런 외모였으나 평범한 여성들 사이에선 튀는 외모였다. 소미의 사진을 본 먼 친척은 이 정도 외적 조건이면 지방대를 나온 것쯤은 문제되지 않는다고 호언장담했다고 한다.

석 달 만에 방에서 끌려 나와 선을 보라니.

"요즘 제대로 된 직장에 취업하기 얼마나 어려운지 알지?"

소미는 지원군이 필요했다. 등 돌리고 앉은 아빠 쪽을 슬쩍 봤다. 소미의 아빠는 모른 척 TV 리모컨만 누르고 있었다. 그건 소미에게 선을 보라는 소리였다.

늘 말없이 외동딸이 하고 싶어 하는 건 다 밀어주던 아빠였다. 오디션을 위해 화장품이며 옷을 살 때 아낌없이 지원해줬다. 그런 딸이 혹시나 극단적인 선택을 할까 딸의 방 앞을 하릴없이 왔다 갔다 걸었다.

닫힌 방 너머, 소미는 아빠의 그림자가 사라질 때까지 숨죽이고 있었다. 결혼이라도 해서 안정된 사람으로 살았으면 하는 마음에 아빠는 엄마가 내어놓은 카드를 말없이 잡고 있었다.

'101번째 오디션을 보는 거라고 생각하자.'

소미는 결혼정보업체의 계약서에 사인했다. 그리고 생각보다 빨리, 바로 그 주에 첫 선이 잡혔다.

그러나 소미의 무임승차 꿈은 여지없이 깨져버렸다. 결혼정보업체에 나온 많은 남자들은 맞벌이를 원했으며, 맞벌이가 아니더라도 뭔가의 능력을 바랐다.

자격증이나 하다못해 보습학원 강사라도 할 수 있는 능력을!

"아휴, 아가씨가 너무 예뻐서 과분하다네. 예뻐도 탈이야."

소미의 담당 매니저는 심심찮게 이런 말로 거절의 뜻을 전달했다.

30대에서 40대 남자로 맞선 상대의 나이대를 올려도 마찬가지였다. 안정직의 남자들은 맞벌이를 원하진 않았지만 소미보다 좀더 예쁜 여자를 원했다. 아무리 소미가 노력해도 세 번 이상의 만남으로는 이어지지 않았다.

스무 번의 맞선 후, 소미는 지쳐갔다. 이미 열 번의 계약 횟수를 초과했지만 친척이 팀장인 덕분에 더 횟수를 늘릴 수 있었다. 처음엔 팀장에게 고마워했지만 이것이 상술임을 깨달았다.

소미처럼 중간 이상의 외모를 가진 여자는 업체 입장에서는 광고 효과로 좋았다. 소미는 업체의 광고판이 되어 원하지도 않는 맞선 상대를 만나고 이벤트 모임에 나가기도 했다.

맞선이 성사가 되질 않자 엄마는 비싼 부적까지 사서 소미의 지갑에 넣었다. 어느 날엔 베개에서 이상한 냄새가 나서 열어보니 정체불명의 향 주머니가 들어 있었다. 남자를 붙게 해준다는 힘이 있다는 주머니란다. 그 향 주머니를 화장실 변기에 찢어 버리는데 눈물이 펑, 터졌다.

'왜 내 인생은 한 번에 되는 게 없어!'

평생 오디션만 보다가 버려질 것 같았다.

그야말로 소미는 패닉에 빠졌다. 빨리 성공해 이 늪에서 벗어나고 싶어. 아니, 사실 한 번이라도 시험에 붙는 경험을 하고 싶어! 당당하게 아빠에게 우리 딸 축하한다면서 케이크를 받고 싶었다.

하지만 이런 딸의 마음과 달리 아빠는 주말마다 나가는 딸의 모습에 안도하는 눈치였다. 소미의 아빠는 결혼을 해도 그만, 안 해도 그만이었다. 그저 보기만 해도 아까운 외동딸이 발랄하게 여기저기 다니면 좋았다.

그렇게 지쳐갈 무렵 '기적'이 찾아왔다.

또다시 주말에 마련된 정보업체의 맞선 자리로 향하던 중이었다. 완벽한 메이크업과 의상 차림으로 또각또각 걷던 중, 갑자기 소미는 방향을 틀었다.

맞선을 보기 위해서는 지하철 4호선을 타고 명동으로 향해야 했다. 그런데 무슨 마음에선지 소미는 서울역에서 내렸다. 그리곤 부산으로 향하는 가장 빠른 열차표를 끊었다.

자리에 앉자마자 소미는 그대로 눈을 감았다.

부산.

단역으로 출연할 때, 자주 촬영차 내려갔던 바다의 도시.

부산은 탁 트인 바다만큼 넓은 가슴으로 영화를 위해 도시 전체를 내어줬다. 여기저기에서 촬영 팀들이 영상을 찍었다.

복잡한 산복도로 골목길에선 액션영화의 추격 신을, 해운대에선 드라마 속 데이트 장면이 촬영 중이었다. 소미는 한 번도 그 영상 속 주인공인 적이 없었다. 그래도 언젠가 될 거라는 희망과 함께 고생하던 동료들을 보며 행복한 나날을 보냈다. 사실 기획사를 끼고 있어도 단역을 따기 힘들었다. 그럼에도 기획사가 없는 소미는 몇 번 카메라에 잡히는 행운을 거머쥐었다. 그저 주인공 곁에 서 있거나 앉아 있는 병풍일 뿐이었지만. 그럼에도 연기자 동료들은 그것이 얼마나 복권 같은 일인지 알기에 같이 축하해줬다.

그런 기억 때문에 부산을 떠올릴 때마다 소미는 가슴이 따뜻해지곤 했다.

눈을 감은 채 그대로 소미는 깊은 잠으로 빠져들었다.

그리고 부산역에 도착해서 눈을 떠보니, 소미는 걸을 수 없는 상태였다.

발이 답답해 벗고 잤는데 구두가 감쪽같이 사라진 것이다!

아무리 바닥을 뒤져봐도 구두는 어디에도 보이지 않았다. 다른 좌석의 아래를 열차 직원과 헤집고 다녔지만 헛수고였다.

좌절감으로 미칠 것 같았는데 낮은 목소리가 들려왔다.

"이거라도 신을래요?"

웬 남자가 실내화를 소미에게 건넸다. 최고급 호텔에서 신을 법한 실크로 된 것이었다.

그 남자가 바로 인욱이었다. 인욱은 자신의 실내화를 빌려준 뒤 곧바로 부산역 근처의 백화점으로 소미를 데려갔다.

그리곤 굽이 아찔한 디자이너의 구두를 사줬다.

그 구두를 신고 인욱 앞에 서는 순간 소미는 직감했다.

소미가 그토록 바라던 수천 번의 오디션이 끝난 것이다.

그녀의 예상대로 소미와 인욱은 3개월 만에 결혼했다.

인욱은 작지만 탄탄한 건설회사를 운영하고 있었다. 부모님을 모두 일찍 잃고 외조부의 손에서 컸다. 할아버지는 공사장 소장으로 현장 일을 했고, 인욱은 어릴 때부터 건설현장에서 놀았다. 20대부터 공사현장 일을 도맡아했고, 40대엔 자신의 회사를 가지게 되었다. 그럼에도 감수성이 좋은 사람이었다. 소미보다 더 많은 영화를 알았고 미드를 꿰고 있었다.

"난 뭐든 스토리가 있는 게 좋아. 건물이든 사람이든."

인욱은 성실하고 바쁜 사람이었다. 회사 일이 끝나면 좋은 공연을 보거나 책을 사러 다녔고, 주말엔 운동 모임에 참여했다. 매주 금요일은 빠지지 않고 디자이너 숍을 순례했다.

몇몇 친구들은 돈 많은 연상의 남자를 물어서 무임승차한 거라며 질투했다. 게다가 시부모님이 없는 자리라니 부러워서 한숨까지 쉬었다.

두 사람의 첫 만남은 스토리를 좋아하는 인욱과 전직 연기자 소미를 위해 쓰인 각본 같았다.

하지만 친구들과 인욱에게 말하지 않은 소미만의 비밀이 있었다. 소미는 주변 누구에게도 결혼정보업체 이야기를 하지 않았다.

맞선 첫날 자기 회사까지 데려가서 구경시켜주고 결혼까지 말하더니, 마음이 바뀌었다며 죄송하다고 문자 한 통 남기고 잠수 탔던 법인 회계사무소 직원. 알고 봤더니 돌싱에 아이까지 있던, 그래놓고 눈물로 '제 아인 꼭 전처에게서 데려와서 키우고 싶어요' 운운하던 치과 의사. 원나잇 제안을 거절했더니 매니저에게 매너 없고 시건방진 여자라 욕했다던 보건대 교수까지.

그들 모두 소미를 탈락시키고 비겁한 방법으로 밀어냈다. 그 바람에 신경쇠약 직전에 원형탈모증까지 겪었다. 연기자 세계에만 머물렀던 탓에 소미는 세상사를 잘 몰랐다. 특히 얕은 계산속으로 여자들을 만나려는 남자들은 더더욱. 비록 정보업체를 통한 만남이었지만 소미는 최선을 다했다. 거짓말을 하지 않았고 예의 있는 차림을 유지했다. 커피나 점심도 자기 몫은 자신이 계산했다. 그게 소미가 전직 연기자로서 지켜야 하는 마지막 품격이라 여겼다.

"이소미 씨, 합격을 축하드립니다."

어차피 오디션은 주연 한 사람만 필요할 뿐이다.

소미는 정신을 차리고 화장을 고친 후 신부 대기실을 나섰다.

농구 경기를 뛰느라 무릎 인대가 늘어난 인욱 곁에서 환하게 웃었다. 그렇게 우당탕 결혼을 끝낸 후, 신혼여행에서 돌아와 시할아버지 앞에 무릎 꿇고 앉았다. 그에게서 들은 첫마디가 걸작이었다.

"남자가 바람을 피워도 여자가 한 번은 참아줘야 한다."

이 무슨 말도 안 되는 고릿적 대사란 말인가? 곱디고운 새 한복을 입은 손자 며느리에게.

"네?"

소미는 무슨 말인지 얼떨떨해서 눈을 동그랗게 떴다.

"남자란 다 그런 동물이야. 그걸 이해 못 하고 여자가 남자처럼 똑같이 구니까 요즘 이혼율이 높아지는 거라고."

"그럼 한 번은 참고 두 번째는 안 참아도 되나 보네?"

기가 찬 시할머니가 대화에 불쑥 끼어들었다.

"여자가 얼마나 칠칠치 못하면 남자가 두 번이나 바람을 피워?

한 번은 참아야 한다는 것은 두 번째는 절대 없도록 하란 뜻이지!"

그 소리에 참지 못한 시할머니가 코웃음을 치며 말했다.

"새아가, 못 들은 걸로 해라. 이 영감이 공사장에서 돌가루를 많이 먹어서 그래."

쿡, 웃음이 튀어나오려는데 인욱이 소미의 치마 속 버선을 콱 잡아당겼다. 어른들 앞에서 조심하라는 뜻인가 보다. 그래서 입을 다물려는데 손이 치마 속을 헤집고 들어섰다. 그리곤 이내 치마 속 소미의 버선을 벗겨냈다. 곧 인욱은 능수능란한 손길로 소미의 왼발을 만져댔다.

발바닥이 우묵이 들어간 부분을 부드럽게 쓰다듬더니 복사뼈까지 탐했다. 소미의 얼굴이 점점 뜨겁게 달아올랐다.

소미조차 그녀의 얼굴 온도를 느낄 때 즈음.

"어머, 새아가! 얘, 너 감기 왔니?"

홍조를 알아챈 시할머니 덕분에 신혼부부는 서둘러 집으로 돌아올 수 있었다.

"설마 오빠도 같은 생각인 건 아니죠?"

한복 머리를 하느라 꽂은 실핀을 하나씩 빼면서 인욱에게 물었다.

"…."

"왜 대답이 없어?"

"아, 몰라, 피곤해. 말 시키지 마."

"설마 같은 생각?"

그때 침대에 누워 있던 남편이 벌떡 일어났다. 그리곤 소미를 잡고 그대로 침대에 눕혔다.

"아얏! 실핀 빼야 해요. 아프단 말이야!"

"가만히 있어. 안 그러면 실핀이 머릿속에 박혀서 영원히 바보 된다."

남편의 포박에 어쩔 수 없이 소미는 그대로 누워 있었다. 인욱은 하나씩, 하나씩 실핀을 뽑았다. 남편의 달콤한 입김이 얼굴을 스쳤다. 소미는 얼른 인욱이 자신의 옷을 벗겨줬으면 했다. 그런 소미의 마음을 읽었는지 인욱은 빙긋 웃었다. 그 웃음에 마음이 들킨 듯해서 민망했지만 이내 허물어졌다. 인욱의 손이 부드럽게 소미를 탐했다.

인욱은 소미에게 최고의 경험을 선사한 남자였다.

불꽃처럼 만났던 부산에서부터 지금까지 인욱과의 잠자리는 그녀 인생 통틀어 최고였다.

소미는 섹스엔 도저히 취미가 없었다. 사람들이 왜 섹스에 그토록 집중하고 열광하는지 도통 이해할 수 없었다.

소미의 첫경험 상대는 영화 현장에서 만난 녹음 기사였다. 마이크를 잡고 현장 녹음을 진행하는 직업 특성상 그는 과묵하고 듬직했다. 남자는 소미가 처음인 것을 알고 최대한 진심으로 그녀를 대했다.

이후 몇 번 더 데이트를 하고 잠자리를 가졌지만 이상하게 소미는 그가 불편했다. 그가 예의 있게 대하면 대할수록 열정은 식어갔고 건조해졌다. 결국 착하고 성실한 그에게 일방적으로 이별을 통보하고 헤어졌다. 이후 몇 번 더 남자를 만났지만 결과는 더 나빴다.

매번 오디션 낙방을 겪자 소미는 자신감 회복을 위해 남자를 만났다. 누군가에게 사랑받는 것을 확인 받고 싶었다. 그러니 상대도, 소미도 즐거울 리 없었다.

'나는 섹스에는 취미가 없고 쾌락지수가 현저히 낮은 사람이야.'

소미는 스스로 그렇게 치부하며 살았다.

그런데 인욱을 만난 후, 밤의 역사가 달라졌다.

그는 그녀의 몸 구석구석을 탐했고 몸의 주인보다 흥분 지점을 더 잘 알았다. 어떤 영화의 대사처럼 몸 안의 전구가 탁, 하고 켜지는 느낌을 매일매일 느꼈다.

"내가 만난 최고의 스토리는 네 몸이야."

인욱 역시 소미에게 밤마다 속삭였다.

하지만 언제부터인가 소미는 쾌감의 뒷맛이 쓰게 느껴졌다.

'이렇게 능숙하다는 건 많은 경험이 있어서잖아.'

불현듯 불쑥불쑥 찾아드는 생각 때문에 완벽한 쾌감이 달아나 버렸다.

재력 있는 마흔두 살의 남자인데 숱하게 여자를 거쳤겠지.

'그 여자들도 나와 같은 밤을 보냈을까?'

부디 아니길 빌다가도, 그녀들 덕분에 소미 자신이 이렇게 아름다운 밤을 보내는 거니까 오히려 감사해야지, 그렇게 마음먹기도 했다.

신혼의 새신부는 그녀들을 저주했다가 고마워하기를 수없이 반복했다.

그런 소미의 신경에 불을 지핀 것이 바로 문제의 그 집들이 사건이었다.

"그럼 나보고 납치라도 하라는 거야?"

인욱의 친구 중 유일한 솔로인 현철이 그 장본인이었다.

같은 솔로였던 인욱마저 유부남 대열에 들어서자 현철의 신경줄은 바짝바짝 타고 있었다. 모두 유부남인 친구들은 인욱과 가세해서 현철을 놀려댔다. 그는 서울대 졸업생에다가, 집안에서 운영하는 병원의 경영을 맡고 있었다. 그런 현철이 졸지에 혼자 결혼 전선에 낙오했으니 자존심이 바닥을 쳤던 건 불 보듯 뻔했다.

인욱의 할머니는 일찍 사고로 부모를 잃은 손자를 위해 학군과 교육에 많은 신경을 썼다. 그 덕분에 인욱은 강남의 좋은 학군으로 편입되어 금광 인맥을 누릴 수 있었다. 동창들은 대부분 명문대 출신이지만 전문대 출신인 인욱을 무시할 수 없었다. 인욱의 회사는 꽤 건실해서 이제 시공과 건설을 같이하는 종합 건설회사 진입을 목전에 두고 있었다. 게다가 운동을 잘한다는 건 언제나 남자들 세계에서 우위를 선점했다.

현철은 남편과 가장 단짝이라고 했다. 여자 보는 시각도 비슷해 가끔 미팅이나 모임에서 찍은 여자가 겹치곤 했단다. 그러나 그럴 때마다 겹친 여자는 소미의 남편을 선택했다고 한다.

사실 이런 이야기를 도대체 왜 갓 결혼한 자신 앞에서 하는지 소미는 알 수 없었다. 있는 집 자식들은 원래 이다지도 배려심이 없단 말인가? 소미는 억지로 웃으며 남편의 친구들을 한 명, 한 명 쫓아내는 상상을 했다.

그러던 중 인욱의 과거사 폭로 중 정점을 찍는 순간이 탄생했다.

현철이 몇 달 동안 공을 들였던 여자 모델이 있었는데, 그녀가 최근 그를 차고 다른 남자와 만나고 있다고 했다. 그걸 가지고 친구들이 계속 놀려대자 발끈한 현철이 폭탄의 뇌관을 건드렸다.

"누구처럼 납치라도 해서 매달리라는 거야, 뭐야?"

그 말과 동시에 술자리는 급속 냉동되었다. 인욱의 얼굴은 시퍼렇게 굳어버렸고 그 이야기의 주인공이 그임이 자명해졌다.

이후, 술자리는 순식간에 판이 접혔다. 누구 할 것 없이 재빨리 일어나서는 신혼집을 빠져나갔다.

소미와 인욱만이 덩그러니 남았을 때, 소미가 물었다.

"혹시 여자 친구 납치한 적 있어요?"

설거지통에 그릇을 담고 있던 인욱은 소리 질렀다.

"무슨 헛소리야? 현철이 자식, 술에 취해서 아무 소리나 지껄인 거라고! 다신 그 말 꺼내지 마!"

그대로 돌아서나 싶더니 이내 한마디 더 질렀다.

"그리고 담부터 음식은 당신 어머니께 부탁하지 마. 출장요리사 부르면 되지 요즘 누가 촌스럽게 냉채 따위를 먹는대? 맛이라도 있으면 몰라!"

화가 난 인욱은 괜히 소미의 가족을 걸고 넘어졌다. 그는 화가 나면 장모님, 장인어른이 아니라 당신 어머니, 당신 아버지라 불렀다.

"난 냉채 맛있었거든요. 그리고 장모님이라고 불러요!"

소미가 처음으로 인욱에게 소리쳤다.

자신을 향해 씩씩대는 얼굴을 처음 본 인욱은 놀라 숨을 콱 들이쉬었다. 소미 역시 자신의 목소리에 놀라 입을 다물었다. 인욱은 설거지통에 그릇을 깨질 듯 던져 넣고 서재로 들어가 버렸다. 밤새도록 소미는 혼자 술자리를 치우고 정리했다.

그날 밤 이후 냉전이 지속되었다. 집 안은 얼음장처럼 차가워졌고 소미는 독감에 걸렸다.

봄비를 맞으며 겨우 병원을 갔다가 돌아오니 어느덧 늦은 오후다.

봄비는 늦은 밤까지 계속되었다.

자정이 되어도 인욱은 연락이 없었다.

다음 날, 우산꽂이의 젖은 우산만이 인욱의 흔적을 말해주고 있었다.

집들이 이후 일주일째 냉전은 계속되었다.

늦은 밤 유령처럼 들어와 공기처럼 빠져나갔다. 마치 인욱은 비단으로 만든 뱀 같았다. 손으로 잡을라치면 미끄러져 달아나버리는.

"뱀띠라서 그래. 원래 뱀들이 숲이나 땅 밑에 숨는 습성이 있잖아. 속을 알 수가 없어."

남편과의 불화를 눈치 챈 엄마가 넘겨짚으며 말을 쏟아냈다.

집들이가 끝난 후 빌린 접시며 그릇을 엄마에게 실어다주었다. 소미의 엄마는 친구에게 돌려줘야 한다고 했지만 사실 딸을 보기 위한 핑계인 게 분명했다.

반찬가게를 운영하는 엄마와 엄마의 친구들에게는 명품 식기는 불필요한 닭의 갈비뼈였다. 그래서 알뜰하게 계를 해서 고가의 명품 식기 세트를 사놓고 품앗이처럼 돌려서 썼다.

딸들의 집들이나 시댁 어른들을 모시는 자리 등에 품앗이한 식기 세트들이 쓰였다.

전화기 너머 아픈 목소리가 나자 엄마는 당장 소미를 불러들인 것이다. 엄마는 사위의 취향대로 꾸며진 집을 불편해했다.

"집에 왜 이리 온기가 없니?"

딱 한 번 신혼집을 구경한 후 발걸음을 하지 않았다.

그래도 엄마는 소미의 결혼기념으로 친구들에게 한 턱 내기까지 했다. 자수성가해서 자생력 있는 멋진 사위를 얻었다며 자랑을 했다.

아이돌 그룹을 준비한다며 지하 연습실에서 라면만 끓이는 딸이 있는 엄마 친구만이 흠을 잡았다.

"근데 자기가 받은 가방, 바닥이 많이 긁혔던데 새것 맞아?"

"원래 좋은 가죽이 잘 긁히는 거 몰라? 하긴 안 써봤으니 모르지?"

날 선 말을 고대로 갚아준 후 소미의 엄마는 이후 딸의 가방도 찬찬히 훑어봤다. 그리곤 아무 말도 하지 않았다.

사실 소미의 몸에 걸친 것들 모두 인욱의 단골 중고 가게에서 산 것이다. 인욱은 단 한 번도 새것을 사준 적이 없다. 물론 남편이 단골로 가는 곳이라 A급만 소개받았다. 거의 새것이나 다름없는 물건을 산 뒤 줬다. 소미의 부모님께 선물로 안긴 가방이며 넥타이도 이곳에서 산 뒤 인터넷으로 제품의 쇼핑백을 사서 넣어 드렸다. 그래도 부모님께는 새 제품으로 사드리자는 말에 인욱은 단호했다.

"어차피 어른들은 잘 모르셔. 포장을 뜯는 순간 중고가 되는데 뭐가 문제야?"

게다가 인욱은 철저히 자기 취향대로 물건을 샀다. 소미의 취향은 어리고 미숙하다며 듣질 않았다.

'납치했다는 그 여자에게는 새것을 사줬을까?'

미열과 분노로 파르르, 커피 잔을 든 소미의 손이 떨리자 엄마는 얼른 손을 잡았다.

"이게 얼마짜린데, 깨져!"

엄마의 목소리에 정신이 확 들었다. 다음 순서의 사람들을 위해 조심조심 그릇을 싸는 엄마를 지켜보다 그대로 집을 나섰다.

그리고 어릴 적부터 가던 단골 내과로 향했다. 내과를 가려면 반찬가게를 지나쳐야 했다. 가게를 보고 있는 아빠와 마주치기 싫어서 빙 둘러서 갔다.

소미의 아빠는 성공한 사위를 같은 남자로서 자랑스러워했다. 인욱을 만날 때면 운영하는 회사에 대해 이것저것 물어보고 관심을 가졌다. 인욱은 회사 밖에서 사업 이야기하는 것을 좋아하지 않았다. 회사 이야기는 회사에서 끝내는 것을 철칙으로 삼았다. 인욱이 꺼려해도 장인은 눈치 없이 굴었고, 결국 인욱은 장인과의 자리를 피했다. 소미를 보면 또 인욱에 대해 물을 텐데 오늘은 마땅히 해줄 말이 없었다.

간신히 내과에 도착해서 링거를 맞았다.

"모든 일은 체력전이야. 체력이 떨어지면 판단도 흐려지고 결단력도 떨어져."

인욱이 입에 달고 다니는 그 말처럼 전쟁은 체력전이다.

링거를 마지막 한 방울까지 다 맞고 가리라.

AM 2:00.

오늘은 기어코 만나겠어.

링거 덕에 정신을 차린 후 소미는 커피를 내리 석 잔을 마셨다.

두 시가 되자 비단뱀 같은 발소리를 내며 인욱이 문을 열고 들어섰다.

불을 켜자마자 인욱은 소리를 질렀다.

"뭐야? 놀랬잖아!"

인욱에게 시큰한 땀 냄새가 났다. 새벽까지 트랙에서 달리고 온 듯했다.

"그렇게 근육을 혹사하면 안 좋을 텐데."

소미는 천천히 자리에서 일어섰다.

아파서 하얗게 질린 그녀의 얼굴에 결국 인욱이 먼저 이야기를 꺼냈다.

"좀 쉽게 살자. 내 자존심 건드려서 뭐하게? 현철이가 했던 말이 그렇게 중요해? 그럼 나 말고 현철이랑 살든가!"

쾅! 남편은 욕실로 들어가 버렸다.

소미는 남편이 나오길 기다렸다 잠옷을 건넸다.

인욱은 재빨리 잠옷을 걸치고선 침대로 들어갔다. 소미가 잠옷을 들고 기다리고 있던 모습을 보고 이제 화해가 됐다고 여기는 듯했다.

소미는 먼저 침대로 파고든 인욱의 곁에 누웠다. 인욱은 못 이기는 척 소미를 안았다.

하지만 인욱이 옷을 벗기려는 속도보다 소미의 입이 열린 속도가 더 빨랐다.

"도대체 무슨 일이 있었던 거예요?"

"…"

"그냥 한번 이야기해주면 끝이잖아요."

휙! 침대 시트를 걷어차더니 남편은 그대로 서재로 가버렸다.

1차 회담은 그대로 결렬되었다.

일주일 하고 이틀이 지났다.

소미는 신기록을 갱신 중이었다.

무슨 일이든 한나절을 못 견디던 그녀였다. 어쩐지 대견스러워졌다.

어떻게 이렇게 버틸 수 있는 거지? 소미조차도 신기했다.

늘 먼저 손 내밀던 상대가 버팅기니 인욱도 좀 당황스러웠을 것이다.

으슥해진 마음으로 침대에서 일어났다. 미열에 조금 어지러워 비틀했지만 마음은 가벼웠다. 씩씩해지자. 우선 많이 먹어야지. 냉장고 속엔 집들이 후 남은 음식이 아직도 버티고 있었다.

남편은 집 밖을 맴돌고 소미는 앓기만 했으니 그럴 수밖에.

상하지 않은 것들로 골라 담은 후 소미는 먹기 시작했다.

문득 그와 처음 만난 날이 떠올랐다.

바닷가가 보이는 해운대의 레스토랑.

그의 출장 업무가 끝나고 저녁 시간에 맞춰 같이 식사를 했다.

소미는 잃어버린 구두를 끝내 찾지 못했고 그가 사준 새 구두를 신고 있었다.

"기차를 탈 때부터 봤다고요?"

"부산에 선 보러 가나 싶었어요. 화장이며, 입은 스타일이 딱 그랬거든요."

일 때문에 가끔 기차를 타는데 소미처럼 꾸민 사람은 보기 힘들었다고 했다. 그런데 그렇게 예쁘게 꾸민 여자가 쾅, 쾅 머리를 박아가며 자는 걸 보니 웃음이 터졌다는 것이다.

"창에 머리를 박을 때마다 어깨를 빌려주고 싶었다고요."

소미는 자신에게 반한 이유를 듣고 부끄럽기도 했지만 동시에 감동받았다.

학벌, 집안, 경력을 따지지 않고도 반하다니!

감동받은 그녀를 보며 인욱은 오히려 어리둥절해했다. 그와 곧바로 호텔로 향했고, 연애가 시작되었다.

오디션에서는 실패했지만 현실에서 영화를 찍었다고 생각했다. 그리고 그 영화는 세상 누구에게 상영해도 극찬을 받을 만한 명작이라 여겼다.

허나 멜로드라마라 여긴 장르는 짐작과 추리로 점철된 스릴러가 되어갔다.

'사무실에서 닭 가슴살을 갈아먹고 있으려나? 단백질 보충제를 넣어서? 샐러드와 함께?'

그의 끼니가 궁금해졌다.

핸드폰은 여전히 냉장고의 온도를 유지하고 있었다.

결국 소미는 주변의 자문단들에게 고견을 구하기로 했다.

고등학교 친구 L

"부부 싸움 길게 가봤자 서로 안 좋아. 나중엔 서먹해져서 다시 되돌리기가 어려워. 원래 남자들은 자존심의 동물이야. 그걸 건드려서 뭔 이익이 나니? 적금 이자가 올라가, 아파트 값이 상승해!"

대학동기 Y

"난 처음부터 네 남편 별로였어. 눈빛도 그렇고. 은근히 사람 무시하는 분위기잖아. 네 남편 소개받은 날, 와인 잔 잡는 거 가르쳐준다고 제대로 잡지 않으면 와인도 못 마시게 한 거 기억나? 그날 너랑 네 남편 가고 난 뒤 우리가 얼마나 걱정했는 줄 알아? 여자가 편해야 결혼 생활도 평탄한 건데. 참, 네 남편 뱀띠라고 했나? 우리 이모가 그러는데 원래 그 띠가 좀 그렇대. 속을 알 수가 없어요. 우리 올케도 뱀띠인데 딱 그렇거든."

오디션 낙방 인연으로 맺어진 친구 J

"네가 아픈 거 알면서 연락 없는 건 좀 그러네. 남자 쪽에서 먼저 전화하는 게 예의지. 그래도 남녀관계에 자로 딱 잰 듯 이게 맞다, 저게 맞다 할 수 있는 건 아니긴 해. 내가 아는 사람은 남자 친구가 두 번이나 바람피웠는데도 계속 만나던걸. 물론 나랑 우리 자기 얘긴 절대 아니야."

자문단의 고견을 들었지만 역시 판단이 서질 않는다.

물론 자문단 모두 아픈 사람을 외면했다는 점은 용서할 수 없다고 했다. 하지만 이렇게 버텨봤자 그와 멀어지기만 할 것이다. 마침내 마지막 자문단의 의견이 모든 고민에 종지부를 찍었다.

비혼주의자 J

"그렇게 궁금하면 그 친구를 이용해봐. 노총각이라며? 소개팅 해준다고 불러내서 물어봐. 남편한테는 절대 말 안 한다고 하고."

왜 그 생각을 못 했을까?

소미는 얼른 핸드폰에서 전화번호부를 뒤졌다. 그리고 현철과 조건이 맞을 만한 친구 목록을 뽑았고 소개팅을 성사했다.

시댁에서 시부모님의 제사를 처음 같이 치렀던 때였다.

제사상에 두른 병풍은 시댁 가족들의 띠별 동물들이 그려져 있었다. 소, 원숭이, 토끼, 용 그리고 마지막은 인욱의 것인데 뱀 대신 산이 그려져 있었다. 뱀은 원래 그림으로 그리지 않는다고 했다. 산 속에 숨어 있는 걸로 해서 산 그림을 그린다고 했다.

이제 산 속에 숨은 뱀을 밖으로 끌어내야 한다.

그러나 소미는 결국 승전보를 울리지 못했다.

소개팅을 주선한 지 채 20분도 지나지 않아 남편에게서 문자가 왔다.

너 그렇게 살래? 남편 친구까지 이용해서 과거를 알고 싶은 거야? 너 진짜 질린다.

현철은 남편에게 이 사실을 그대로 일러 바쳤다.

집들이 사건 후 현철 역시 남편과 화해할 기회를 찾고 있었다. 고등학교 때부터 친구였는데 그 역시 속이 불편했을 터. 그런데 소미가 그 기회를 줘버리고 말았다.

"네 와이프가 나한테 소개팅을 해준다고 하더라. 근데 그거 뻔한 거 아니냐? 그때 내가 한 말실수 다 들으려는 거지. 여자들은 참 뻔해, 그치?"

영악하게 현철은 소미에게 친구의 연락처를 받은 뒤 곧바로 남편에게 전화한 것이었다.

그는 자신은 다치지 않으면서 얻을 건 다 얻어갔다.

다 얻고도 아무것도 주지 않다니, 이런 셈법으로도 살 수 있구나. 젠장.

모든 사실을 다 알고 난 뒤에도 소미의 전화기는 울리지 않았다.

결국 발등에 불이 떨어진 소미가 먼저 전화를 걸었다.

긴 신호음 끝에 끊으려는 순간, 인욱이 대꾸했다.

"뭐야?"

"밥은 먹고 다녀요?"

"그게 무슨 대단한 거라고. 할 말이 뭔데?"

"혹시 감기라도 걸린 게 아닌가 해서요. 나한테 옮은 건 아니죠?"

"할 말 없으면 끊는다."

"아니, 그게 아니라, 난 그냥 걱정이 되서….."

"할 말 있으면 똑바로 해!"

"미안해요. 제가 잘못했어요. 다신 이야기 꺼내지 않을게."

결국 용서를 빌고 말았다.

소리치는 그의 야속함에 속이 상했지만 또박또박 따지는 냉정함, 한 치도 지지 않겠다는 당당함, 그 모든 것이 그대로인 그가 너무도 반가웠다.

어린 아내의 울음에 그는 작게 한숨을 쉬었다.

"알았어. 이제 됐으니까 그만 울어."

결국 모든 것이 예전으로 돌아왔다.

온몸이 비늘로 덮인 뱀은 앞으로만 나갈 수 있다. 전진만 있을 뿐 후진은 하고 싶어도 할 수 없다고 했다. 뱀띠인 그는 끊임없이 앞으로만 나갈 것이고 소미는 그 걸음에 계속 채일 것이다. 그래도 상관없다. 채이면 비켜서면 된다. 후진할 수 없는 뱀에게 억지를 부릴 순 없다.

소미는 얌전히 인욱의 꾸지람을 들었다. 그리고 그날 저녁 두 사람이 자주 가던 단골 태국 음식점에서 만나기로 했다.

얼른 미용실로 달려가 머리를 하고 네일까지 받았다. 반짝반짝 은빛 글리터가 얹어진 소미의 손톱에서 빛이 났다. 최대한 힘을 줘서 약속 장소로 나갔다.

어쩐지 다시 연애를 시작한 느낌이었다. 인욱에게 최선을 다한 모습을 보여주는 게 참 오랜만인 듯했다.

7시, 저녁 약속 한 시간 전.

소미는 인욱에게 전화를 받았고 다른 곳으로 가야 했다.

바로 소미가 프러포즈를 받았던 레스토랑이었다.

아마 두 사람이 새롭게 시작하는 기분을 느끼게 해주려는 듯했다.

소미는 들뜬 마음이어서 급히 움직였고 약속시간보다 30분 일찍 도착했다.

금요일 주말이라 거리는 사람들로 붐볐다.

갑자기 그가 했던 프러포즈가 떠올랐다.

"이제 마흔두 살이야. 연애는 버겁고 결혼은 무섭다고. 그러니 연애만 하고 싶으면 딴 남자 찾아. 난 결혼해줄 사람이 필요해."

그게 3개월을 만났던 인욱의 프러포즈였다.

몇 번의 불같은 데이트 후, 인욱은 소미에게 열정을 보이지 않았다. 주말 데이트를 반복하면서 그저 순서대로 움직이는 듯했다. 그래서 딱 하루, 소미는 일부러 그의 연락을 끊고 문자도 무시했다. 대번에 인욱이 소미를 불러내서 한 말이 그대로 프러포즈가 되었다.

지금 생각해보니 그것도 좀 억울한 감이 있었다.

그렇게 덥석 물다니, 그에게 난 쉬운 여자로 보였을까?

추억에 잠겨 있던 소미 앞으로 인욱이 나타났다.

눈에 반쯤 눈물이 고인 소미를 보더니 그가 물었다.

"왜 그래?"

"그냥 너무 반가워서요."

쯧, 가볍게 혀를 차며 소미를 안아주었다.

"그러면서 왜 그렇게 버팅겼냐?"

영원히 시간이 멈췄으면 좋겠다고 생각하며 소미도 그를 꼭 안았다.

잠시 후 지나치는 사람들이 두 사람을 바라보는 게 느껴졌다. 조금 부끄러운 마음에 고개를 돌렸다. 그 순간 소미는 보지 말아야 할 것을 보고 말았다. 아니, 어쩌면 봐야 할 것을 그제야 봤는지도 모른다. 레스토랑 반대편 쇼 윈도우에 소미를 안고 있는 그의 얼굴이 선명하게 비치고 있었다.

소미를 안고 있는 인욱의 얼굴은 어떤 말도 필요 없었다. 살짝 비틀려 올라간 입꼬리, 그 바람에 파르르 떨리고 있는 듯한 오른쪽 뺨, 먹잇감을 입안에 넣은 승리자의 눈빛.

잠자리에서 보이던 따뜻한 눈빛과는 달랐다.

소미는 놀라 그의 품에서 빠져나왔다.

"밥 먹으러 들어갈까?"

얼어붙은 듯 서 있는 소미에게 그가 물었다. 소미는 간신히 고개를 흔들었다. 그리고 천천히 돌아섰다. 한 걸음, 한 걸음 어렵게 걷기 시작했다.

아픈 소미를 외면해서도, 중고 물건만 사주고, 자기 취향대로만 인테리어를 해서도 아니다.

사과는 절대 하지 않고 모두 소미가 잘못했다고 몰아붙이는 것 때문도 아니었다.

"어? 지금 어디 가는 거야? 레스토랑은 여기야!"

어리둥절해서 소리치는 그의 목소리가 들렸다.

돌아보면 안 돼. 다시 무릎 꿇고 그를 숭배할 순 없다.

"소미야!"

순간 소리에 멈춰 설 뻔했다.

그래도 멈추지 않고 걸었다. 한달음에 인욱이 달려와 소미를 붙잡아 세웠다.

그런 인욱을 똑바로 바라보며 말했다.

"말해줘요. 그 여자랑 있었던 일."

소미는 어렴풋이 눈치채고 있었다. 납치까지 했던 그 여자와의 전쟁 같은 열애 후, 인욱은 빈껍데기가 되었다. 그리고 우연히 만난 소미를 선택했다.

잠자리도 아마 여자들이 좋아할 만한 자세나 순서를 알고 진행했으리라.

소미에게 준 선물도 대충 남들에게 부끄럽지 않을 정도로 맞춰 줬던 것일 뿐.

그럼에도 소미는 이 남자를 사랑했다. 아니, 더 사랑하고 있다. 그걸 감추려고 이리저리 뛰어다니고 변명을 찾아봤지만 원점으로 돌아왔다.

"알았으니까 일단 들어가자."

질린 건지, 지친 건지 소미를 이끌고 근처 카페로 들어갔다.

그리고 이내 그 납치 사건에 대해 입을 열었다.

그녀는 인욱이 3년간 사랑했고, 자신이 가장 오래 만난 여자라고 했다.

자신의 모든 것을 걸었고 결혼이 당연하다 여겼다. 그랬는데 슬슬 그녀에게서 이상한 기운이 감지되었다. 연락이 자주 끊어지더니 만나서 뭘 해도 시큰둥했다. 급기야 그녀가 다른 남자를 만난다는 소문을 친구로부터 듣게 되었다. 명절 날 그녀는 인욱이 아니라 다른 남자를 데리고 나타났다.

끝까지 믿지 못했던 인욱은 최고급 한우 세트를 들고 그녀를 기다리고 있었다. 그녀의 집 근처에서 그 모습을 그대로 지켜봤다. 그녀의 새 남자는 자신보다 더 좋은 스펙의 키 큰 남자였다. 그녀는 눈부신 외모였으니 아마 선택의 폭이 넓었겠지.

하지만 이건 3년을 만난 자신에 대한 예의가 아니었다고 여겼다.

남편은 먼저 그녀와 연락을 끊었다. 그녀가 자연스럽게 인욱과 헤어진 거라 여기게 만들었다. 그리고 결혼식 전날 그녀의 집 앞으로 찾아갔다.

그녀에게서 사과를 받고 싶었고 그녀가 가장 약할 수밖에 없는 타이밍을 노려 공격한 것이다.

그런데 그녀는 자신이 준 명품 백과 최신 아이폰을 그대로 들고 있었다. 게다가 구두까지!

그 모습을 본 순간 분노가 폭발했다. 인욱은 그녀에게 그동안 준 선물을 다 내놓으라고 요구했다. 웃긴 건 그 여자도 만만찮은 성격인지 내놓지 않더라는 거다. 약이 오를 대로 오른 인욱은 그녀를 자신의 차에 강제로 태워서는 고속도로를 탔단다.

그 이후 모든 것이 어떻게 흘러갔는지도 모르겠다고 했다. 그리고 어딘지 모르는 작은 바닷가에 섰단다. 아직도 거기가 어딘지 기억나지 않을 만큼 정신이 없었다고 했다. 차를 세우고 보니 그녀는 바들바들 떨고 있었다. 이미 남편은 그녀에게 헤어진 남자 친구가 아니라 스토커에, 납치범이었다. 그녀는 아이폰과 명품 백 그리고 구두를 던져주고는 차에서 도망쳤다. 남편은 그녀가 두고 간 그 허물들을 그대로 버리고 집으로 혼자 돌아왔다고 했다.

인욱의 이야기는 거기서 끝났고 소미는 말없이 앉아만 있었다.

"그런데 정말 내 마음을 의심한 거야?"

"당연하지. 오빠 껍데기만 여기 있다고. 진짜 열정은 다른 여자에게 다 주고 텅 빈 껍데기만!"

어이없다는 듯 소미의 남편은 자리에서 일어났다.

"그날 네 구두가 왜 없어졌다고 생각해?"

"네?"

인욱은 피식 웃더니 차를 세워둔 공용 주차장으로 소미를 데려갔다. 그리고 차 트렁크에서 작은 상자를 꺼냈다. 그 상자 속에는 기차 안에서 잃어버렸던 구두가 들어 있었다.

"그때 내 구두를 훔쳤던 거예요?"

"암튼 취향 하나는…. 내가 구원해준 거야. 젊은 아가씨가 아줌마 구두를 신고 다니고."

남편은 무릎 꿇고 앉아 소미의 발에서 신던 구두를 벗겨냈다. 그리곤 기차에서 훔쳤던 그녀의 구두를 신겨주었다.

"그래도 이 구두 덕에 아줌마가 된 거네. 나의 사랑스런 아줌마."

방긋 웃는 소미를 인욱은 걱정스레 보며 말했다.

"큰일이네."

"왜요?"

"이렇게 띄워주면 안 되는데. 골치 아파지거든."

오, 역시 내 남자답다.

깔깔깔, 소미는 웃음을 터트렸다. 한 번 터진 웃음은 좀처럼 그칠 줄 몰랐고 주차장은 그녀의 소리로 가득차기 시작했다.

"뭐야, 갑자기?"

당황한 인욱은 얼른 소미를 차에 실어서 집으로 향했다.

그날 밤, 소미와 인욱은 조용한 포옹 끝에 잠이 들었다. 오해와 진심 후 그저 따뜻한 포옹이면 족했다.

그날 밤, 소미는 꿈을 꿨다.

얼굴을 알 수 없는 남자가 차 문을 열고 소미를 태웠다.

소미는 조용한 바닷가로 끌려갔다.

그곳에서 맨발이 되어 모래사장 위를 걸었다.

하얀 백사장에 소미의 발자국이 찍혔다.

발 아래 물컹한 것이 밟혀 아래를 보니 뱀허물이 벗겨져 있었다.

조용히 그 허물을 밟으며 바닷가를 바라보았다.

나쁜 건 달콤한가 보다.

나쁜 남자에게 빠진 적이 있었다.

내가 보고 싶을 땐 그를 볼 수 없었다. 오직 그가 나를 보고 싶을

때 만날 수 있었다.

그땐 기다림으로 인해 받은 상처를 상처라 여기지 않았다.

사랑하니까 그것도 받아들여야 할 몫인 줄 알았다.

마음대로 잠수를 타고, 거칠게 내 일상을 밀고 들어오는 게 달콤하

고 짜릿했다.

그런데 그는 나를 만나지 않는 시간 동안 딴짓을 했다.

양다리였으면 차라리 나았을까?

직접 물어뜯고 싸울 상대가 있으니 말이다.

그는 자신의 꿈을 위해 영국으로 유학을 떠날 준비를 하고 있었다.

나에겐 한마디 상의도 없이.

"네가 이럴까봐 말하지 않은 거야."

내가 강력하게 항의하자 그 녀석다운 말이 돌아왔다.

이미 그는 미래를 결정한 상태였고 난 받아들여야만 했다.

그와 보내는 마지막 밤, 그는 무심히 담배를 문 채 자취방 창가에 서 있었다.

난방이 되지 않는 얇은 벽으로 겨울밤 찬 기운이 그대로 흘러들어 왔다.

그 찬 기운에 순간 안심이 들었다.

'다행이다. 이제 밖에 서 있지 않아도 되잖아.'

그는 담배를 달고 살았다. 내 앞에서는 피지 말아달라고 부탁해도 그때뿐이었다.

우리 집 남자들은 누구도 담배를 피우지 않았다. 그러니 다 큰 딸이 담배 냄새를 묻히고 들어갈 순 없었다. 그와 만나고 집으로 들어가는 날이면 담배 냄새가 빠지도록 주변을 서성거렸다. 탈취제를 뿌렸지만 안심이 되지 않았다.

나는 먼저 자리를 털고 일어섰다.

"지금 가려고?"

다음 날 공항까지 배웅해주려고 그의 집에서 자고 가려 했다.

부모님께는 제일 친한 친구네에서 잔다고 거짓말을 했다.

그런데 내가 자리에서 일어서자 그는 적잖이 당황했다.

"담배 냄새 때문에 머리가 아파."

"담배를 끄란 소리야?"

"아니, 피던 거 계속 펴. 내가 사라져줄게."

"너 진짜 의리 없다. 오늘은 내가 한국에서 보내는 마지막 밤이야."

"내 앞에서 끝까지 담배 피는 네가 의리 없는 거지."

무슨 용기인지 난 하고 싶었던 말을 모두 내뱉었다.

너의 냄새를 없애기 위해 내가 얼마나 추운 거리를 쏘다녔는지, 탈취
제를 뿌렸는지.

툭하면 예민한 성격을 내세워 연락 끊고 잠수 타는 널 왜 사랑했는
지 모르겠다고.

놀란 그가 담배를 그제야 비벼 껐다.

"한국에서의 마지막 밤, 너 혼자 실컷 즐겨."

그 말을 마지막으로 난 그의 자취방을 떠났다.

쾅! 문 소리가 그렇게 경쾌하게 들리는 건 처음이었다.

그날, 그렇게 문을 닫은 후 난 두 번 다시 나쁜 남자와 연애하지 않았다.

적어도 상대방에게 기본 예의는 지키는 남자를 골라 만났다.

가끔 달콤함이 그리워 그 문을 열고 싶을 때가 있다.

하지만 이제 알고 있다.

문은 닫혀 있을 때 더 매력적이라는 것을.

Part 5

질병판결센터

1

"최종 선택된 질병은 심장병입니다."

"심장병이요?"

준성은 어이가 없었다.

고작 과속으로 심장병 판결이라니?

즉결심판을 받아봤자 독감이나 안구건조증 따위의 가벼운 병을 받을 줄 알았다.

지금은 서기 22세기.

현재 의학 기술은 고도로 발달하여 모든 질병이 정복되었다.

인간의 수명은 2백 살을 바라보고 있었다. 인류를 괴롭히던 질병은 책이나 TV 다큐멘터리에서나 볼 수 있었다.

질병은 말 그대로 정복되어 국가에서 관리하는 과학연구센터에 보관되었다. 그런데 국가가 몇 년 전부터 이 질병들을 좀 더 색다른 곳에 응용하기로 했다.

범법 행위를 저지르는 시민들에게 벌금을 물리거나 감옥에 보내는 대신 질병을 주기로 한 것이다. 죄질에 따라 치매, 암, 백혈병, 감기, 독감 등을 1주일에서 혹은 몇 십 년까지 기간을 정해 병을 앓게 했다.

처음엔 반신반의했으나 이 제도를 실행한 후 범죄율이 크게 줄어들었다. 평생 병을 앓아본 적 없던 사람들은 질병을 경험하게 되자 그 충격으로 법을 어기지 않게 되었다. 국가는 법원과 교도소를 없애고 도시 곳곳에 '질병판결센터'를 만들었다. 범법 행위를 한 시민들에게 죄질에 따라 질병 판결을 내리도록 했다.

"심장병이라니요! 전 고작 과속을 했을 뿐이라고요!"

"알고 있습니다."

"과속의 경우 독감이나 안구건조증 판결을 받잖아요! 심장병은 살인범이나 받는 병이라고요!"

"잘 알고 계시는군요."

삼십대 초반 준성의 또래로 보이는 담당 판사는 빙글빙글 웃으며 말했다.

경범죄를 관리하는 4층, 99번 판결실, 그곳에 준성은 앉아 있었다. 가벼운 범죄의 경우 사건 담당 판사에게 즉결심판을 받는다. 4층의 복도는 촘촘히 수많은 판결실들이 쪼개져 있었다. 배정된 곳으로 들어가 질병 판결을 받은 후 질병이 담긴 캡슐을 받아먹으면 모든 과정이 끝났다.

난생 처음 질병판결센터를 방문한 준성은 어린 시절 다큐멘터리에서 봤던 병원이나 약국과 비슷하다고 생각했다. 물론 병원과 약국이라는 곳은 처방전과 치료약을 주지만 여긴 질적으로 달랐다. 죄의 무게에 따라 병을 제조해주는 곳이었다.

다큐멘터리에서 봤던 몇 세기 전 사람들이 지금의 풍경을 봤다면 뭐라고 했을까?

자신의 판결 차례를 기다리면서 이런 낭만적인 생각을 하고 있었다.

'그런데 여긴 난방도 안되는 건가? 아님 벌써 병증이 나타난 걸까?'

질병판결센터의 판결실 안은 손바닥을 비벼야 할 정도로 싸늘했다. 준성은 굽어지려는 손가락을 열심히 폈다. 병증이 벌써 몸에 퍼졌는지 의심이 들 정도였다.

하얀 얼굴의 담당 판사는 한기가 느껴지지 않는지 경쾌한 손놀림으로 사건 영상 파일의 버튼을 눌렀다.

지난 주 주말 밤, 급히 회사로 돌아가던 중 횡단보도의 신호가 바뀐 줄 모르고 달렸다. 횡단보도의 정지선을 넘어 간신히 브레이크를 밟았다. 교복 차림의 남자아이가 부딪히기 직전 아슬아슬하게 멈춰 섰다.

"조금만 늦게 브레이크를 밟았으면 학생과 부딪힐 뻔하지 않았습니까? 과실치사라고 해도 사람이 다치면 무거운 죄가 됩니다."

판사는 준성을 날카롭게 쏘아보며 말을 이었다.

"미국이나 프랑스에서는 차량 운전자가 음주든, 운전미숙이든 어떤 죄목이든 간에 사람이 다쳤을 경우 살인 의사가 있는 것으로 간주, 바로 말기 폐암을 앓게 합니다. 우리나라는 그나마 휴머니즘이 있어서 가벼운 거죠."

심장병과 휴머니즘이 같은 뜻으로 쓰여지는 곳은 여기 질병 판결실 밖에 없을 것이다. 준성은 어처구니가 없었지만 꾹 참았다.

"인명사고가 없었고 이번이 초범이라 심장병 중 가벼운 걸로 45일간 앓게 되실 겁니다."

"45일이요?"

판사는 고개를 끄덕였다.

"살펴보니 그동안 과속으로 딱지를 제법 많이 받으셨더라고요. 일주일에 거의 2, 3회 꼴이시던데 월급 버시면 국가에 내시기 바쁘셨겠습니다."

"벌금은 모두 납부했습니다."

"재발 방지가 질병판결센터의 첫 번째 조항인 건 누구보다 잘 알고 계시죠?"

준성은 무릎을 꿇고 빌고 싶은 심정이었다. 지금 맡고 있는 중요한 프로젝트에 문제가 생긴다면 회사에서 온전치 못할 것이다. 그러나 센터에서 내린 판결은 어떤 일이 있어도 바꿀 수 없었다.

정해진 판결에 맞춰 병증이 들어간 캡슐을 준비하는 일은 인공지능이 한 치의 오차 없이 정확히 구현해냈다. 판결의 결과를 처리하는 인공지능은 바꿀 수 없도록 설계되어 있었고, 이 역시 준성의 회사가 국가의 용역을 맡아 처리한 중요 프로젝트 중 하나였다.

교도소와 교정 시설을 줄이고 세금을 인공지능 개발처럼 미래지향적인 일에 사용하자는 법안을 전 국민에게 물었었다. 그때 준성은 찬성표를 던졌다. 미래지향적인 분야의 최첨단에 서 있는 한 사람으로서 당연한 선택이었다. 그런데 그 선택이 자신의 뒤통수를 칠 줄은 당시에는 몰랐다.

판결에 항소하거나 형량에 이의를 제기할 수도 있었다. 하지만 가벼운 일을 무겁게 만들고 싶지 않았다. 이곳과 시비를 따지다간 회사의 인사고과에 좋을 리 없었다. 오늘도 여길 오는 걸 들키지 않기 위해 중요 외부 미팅이 있다는 핑계를 대고 나왔다.

준성은 담당 판사가 내미는 캡슐을 말없이 받아먹었다.

"이제부터 45일 동안 약한 심장을 가지시게 됩니다. 무리하지 않으면 일상생활을 하는 데는 큰 불편이 없을 겁니다. 다만 운동,

야외활동 그리고 카페인을 조심하셔야 합니다. 호흡이 곤란해지거나 심박수가 급격히 높아질 수 있습니다. 또 지나친 흥분은 심장을 멈추게 할 수도 있으니 금하셔야 합니다."

"심장이 멈춘다고요?"

"그럼 병증이 끝나는 45일 후 뵙지요. 그때 질병 제거제를 드리겠습니다."

하얀 얼굴의 판사는 개운한 얼굴로 판결문을 덮었다.

2

판결실 문을 나서자마자 다리에서 힘이 쭉 빠졌다.

현재 그는 회사의 사활을 건 중요한 프로젝트를 진행하고 있었다. 그 업무 때문에 주말에도 자료 정리와 검수를 했고 과속을 했다. 할 일이 도시를 덮고 있는 눈처럼 가득 쌓여 있는데 심장병이라니 가혹하고 잔인했다.

판결실 주차장에 세워둔 차 안에서 준성은 자신의 머리를 쥐어뜯었다.

3

준성은 인공지능을 훈련시키는 일을 하는 관리자였다.

그가 맡은 프로젝트는 인공지능에게 영적인 세계를 이해시키는 것이었다. 대부분의 분야에서 인공지능은 인간을 이해하게 되었지만 최후의 영역에는 아직 도달하지 못했다. 준성은 자신의 인공지능이 최후의 영역에 발을 딛을 수 있도록 다양한 데이터와 자료를 수집하고 있었다.

'심장병 판결도 예측하지 못하면서 인공지능에게 무슨 영적 세계를 가르친다고….'

자책과 함께 제발 심장이 멈추지 않길 마음속으로 빌었다.

그러나 준성의 걱정과 달리 3일 동안은 아무 일이 없었다. 준성은 평소대로 자료조사를 하고 야근을 한 후 혼자 잠이 들었다.

새벽같이 회사로 향했고 빈속을 디카페인 커피로 채웠다. 점심엔 구내식당에서 세 가지 액상 메뉴 중 아무거나 하나를 골라 먹었다. 심장병 판결을 받았다는 사실을 잊을 정도로 준성은 어떤 불편도 느끼지 못했다.

그런데 4일 째 되는 날, 병증이 그를 찾아왔다.

회사에서 야근을 끝내고 집으로 돌아오는데 아파트 엘리베이터가 고장나 있었다.

6층까지 걸어 올라가는데 2층부터 숨이 턱까지 차올랐다. 그때부터 한 계단씩 오르는 데 가슴이 뛰고 호흡이 가빠졌다. 6층까지 걸어올라가는 데 한 시간이나 걸렸다. 자신의 아파트 문을 열자마 자 거실 바닥에 쓰러져버렸다.

이후 심장병은 본격적으로 준성을 괴롭혔다.

평소 같으면 30분이면 도착하던 회사를 두 시간 후에나 도착했 다. 다른 차의 추월과 작은 경적 소리에도 심장은 민감하게 반응 했다.

수집한 자료를 정리해서 인공지능에게 가르치는 일도 속도가 떨어졌다. 키보드를 치는데도 숨이 가빠졌고 땀이 비 오듯 했다. 구내식당에서 조금만 빨리 걸을라치면 호흡이 빨라졌다. 결국 느 릿느릿한 걸음으로 겨우겨우 걸었고 준성은 점심시간을 모두 날 려버렸다.

준성의 변화를 가장 먼저 눈치챈 건 팀 프로젝트를 이끌고 있 는 팀장이었다.

"언제나 일 순위로 보고서를 제출하던 최대리가 이번엔 가장 늦 었군."

"죄송합니다."

가벼운 질책에도 준성의 심장은 튀어나올 듯 쿵쾅거렸다.

"그리고 걸음은 왜 그렇게 느려졌어?"

"…."

"도대체 무슨 판결을 받은 거야?"

준성은 깜짝 놀라 숙이고 있던 고개를 번쩍 들어올렸다.

"뭘 놀라고 그래? 회사 내규 잊은 거야?"

준성은 그제야 입사 때 사인했던 비밀 계약서가 떠올랐다. 인공지능을 훈련시키는 사람은 모든 것이 정상적이고 반듯해야 했다. 그래서 범죄 이력이 생기면 곧바로 회사에 보고가 들어가도록 질병판결센터와 네트워킹이 되어 있었다. 이에 이의 없다고 계약서에 또박또박 따라 적었던 걸 까맣게 잊고 있었다.

"과속이라며? 그럼 독감 아니면 안구질환일 텐데 다른 거야? 혹시 그새 법규가 바뀌었어?"

질병의 종류는 사생활 침해여서 팀장에게 알려지진 않았다. 그러나 준성은 차마 심장병이라고 말할 수 없었다. 팀장에게 오해를 받을까 무서웠다. 가볍다고 해도 심장병은 살인범들이나 중범죄자들이 받는 판결 중 하나였다.

"걸리면 행동이 느려지는 특이한 독감이라 그렇습니다."

준성은 대충 얼버무리고 팀장의 사무실을 빠져나왔다.

하루, 이틀 시간이 지날수록 준성의 병은 깊어갔다.

구내식당까지 가는 것도 힘들어서 자신의 책상에서 배달 도시락을 먹었다.

점점 식사시간은 길어졌고 숟가락 하나를 드는데도 숨이 가빠졌다.

결국 준성은 휴가계를 내기로 했다.

6년간 회사를 다니면서 한 번도 휴가를 낸 적 없었다. 그 덕에 회사의 중요 프로젝트가 생기면 가장 최우선으로 팀에 차출되었다.

'어쩌다 이렇게 됐지?'

그간 쌓은 커리어가 모두 망가지는 듯했다. 자신이 빠진 자리에 다른 동료가 들어갈 걸 생각하니 심장이 조여왔다.

'아니야, 이제 35일만 버티면 이 병도 끝이야. 그러니 불안을 떨치고 조금만 참자.'

준성은 그렇게 위로하며 팀장의 메일로 휴가계를 제출했다.

4

회사를 쉬면서 준성은 조금씩 심장병에 적응해나갔다.

천천히, 무리하지 않도록 움직였다. 밥도 천천히 먹었고 물도 느리게 삼켰다. 신발도 조심조심 신었고 편의점에서 물건을 살 때도 소리가 나지 않을 정도로 살짝 꺼냈다. 조금이라도 급하게 움직이면 숨이 가빠왔기 때문이다.

그러면서 준성은 새로운 세상에 눈뜨게 되었다.

아파트 산책로에 쌓인 눈을 밟을 때 나는 소리는 사과를 먹을 때

나는 소리와 같았다. 준성은 이제 눈이 올 때면 겨울 사과를 깎아 먹기 시작했다.

창 너머 눈송이가 흩날릴 때면 천천히 자신의 눈으로 쫓아다녔다. 자세히 들여다본 눈송이는 사람의 얼굴처럼 똑같이 생긴 게 하나도 없었다. 인공지능만을 위해 글을 빽빽이 채우던 노트에는 눈들의 초상화가 그려졌다.

그리고 제이도 만났다.

오랜만에 눈이 그치고 쨍한 겨울이었다.

맑은 겨울 하늘 아래, 준성은 공원 산책을 하고 있었다. 집에서 30분 정도 떨어진 곳에 있는 오래된 공원이었다. 준성이 회사를 다닐 땐 공원이 있는 줄도 몰랐다. 준성의 시간이 느려지면서 공원의 풍경이 보였다. 준성의 걸음으로는 아침나절 걸어 점심 즈음 도착했지만 자주 산책을 나왔다.

준성은 공원을 찾을 때마다 잃어버린 행성을 찾은 것처럼 신기했다. 대관람차의 삐걱대는 소리는 거대한 공룡의 울음 같았고, 겨울눈에 잠긴 떡갈나무는 잠든 거인처럼 보였다.

제이를 만난 그날도 산책 중이었는데, 그만 운동화 끈이 풀어져버렸다. 준성은 구부리고 앉아 끈을 묶기 시작했다. 그런 준성 앞으로 제이가 나타났다.

"그렇게 묶으면 또 풀어져요."

"네?"

"힘을 꽉 줘서 묶어야 해요."

준성도 알고 있었지만 힘을 줄 수 없었다.

'분명 숨이 가빠질 거야. 잘못하다간 실신할 수도 있다고.'

준성이 망설이자 제이가 무릎을 꿇고 앉아 대신 운동화 끈을 묶어주었다. 단단하고 야무진 손 힘에 운동화 끈은 그제야 신발에 착, 들러붙었다.

"이렇게 묶어야 풀어지지 않는다고요."

제이는 가볍게 손을 털고는 사라졌다.

다음 날 그리고 그 다음 날도 두 사람은 비슷한 시간에 만났다.

그녀는 공원 소속의 안내원이었다. 사전에 신청하면 1시간가량 같이 공원을 산책하며 소개해주는 일을 했다. 안내 일이 없으면 공원 안 쓰레기를 줍거나 쌓인 눈을 치웠다.

사흘 째 되는 날, 준성은 공원 안내를 예약했고 제이가 그를 마중 나왔다.

제법 잘 알고 있다고 생각했던 공원 안은 제이의 안내로 더 자세히 알게 되었다.

공원에서 세 번째로 큰 떡갈나무에는 청설모의 겨울 식량이 숨겨져 있었다. 지금은 사용하지 않는 폐쇄된 작은 평수의 식물 온실은 제이가 비밀 정원으로 가꾸고 있었다. 온실 유지에 드는 보일러 비용은 제이와 몇몇 직원이 같이 내고 있었다.

"직원들이 휴게실 대신 여기에 오는 걸 좋아하거든요."

마지막 코스로 제이는 준성을 공원의 카페로 데려갔다.

"아인슈페너에 딸려 나오는 크림이 정말 맛있어요."

제이는 준성에게 아인슈페너를 추천해주었다.

준성이 느리게 마시는 바람에 아인슈페너의 풍성한 크림은 잔 밖으로 뭉개져 내렸다.

제이는 자신의 숟가락으로 잔 밖으로 흐르던 크림을 받아서 준성에게 건넸다. 그녀의 말대로 난생 처음 느껴보는 부드러움이었다. 준성은 그녀가 건넨 숟가락으로 남은 크림도 받아서 먹었다. 어느새 준성의 얼굴에 미소가 지어졌다. 문득 준성은 시선이 느껴져서 맞은편 제이를 바라봤다. 그녀가 크림보다 더 부드러운 미소를 짓고 있었다.

5

준성과 제이는 데이트를 하기 시작했다.

제이는 준성이 약속 시간에 늦게 나타나도, 밥을 늦게 먹어도 차분히 기다려주었다. 영화관에서 가장 늦게 자리를 잡고, 마지막으로 일어나도 불평하지 않았다.

준성의 리듬에 맞춰 느리게 걷고 움직였다.

세 번째 데이트를 끝낸 날, 준성은 제이에게 물었다. 그날도 제이가 느린 준성을 위해 그를 아파트 앞까지 데려다주었다. 약속 장소에서 헤어지려고 해도 제이가 늘 그를 데려다주었다.

"제 꿈 중 하나가 남자 친구를 집 앞까지 데려다주는 거예요. 그런 여자, 멋지지 않아요?"

준성은 제이와 함께 집으로 돌아오면서 한 번도 느껴보지 못했던 안정감을 느꼈다. 자신이 혼자 아등바등 걷던 길이었다. 퇴근과 출근을 반복하며 빠르게 지나쳤을 뿐이었다. 그런데 누군가와 같이 걸으니 풍경이 달라 보였다. 눈에 찍힌 고양이 발자국을 보며 한 시간 넘게 제이와 이야기하기도 했다.

"나랑 같이 있으면 불편하지 않아요?"

"왜요?"

"너무 느리잖아요."

준성은 제이에게 자신이 선천적으로 느린 성격이라고 했다.

"전 그게 좋은데요? 예전에 만났던 남자 친구는 너무 바쁜 사람이었어요. 일주일에 한 번도 못 볼 때가 많았거든요."

준성은 용기를 내어 제이의 손을 잡았다.

느릿느릿 걷는 두 사람을 보고 사람들은 불편해하며 피했지만 전혀 부끄럽지 않았다. 두 사람은 천천히 두 사람만의 세계를 만들어가고 있었다.

그리고 그 세계가 단단해질수록 준성은 초조해져 갔다.

질병판결센터로 가야 하는 날이 다가오고 있었다.

6

5일 후, 드디어 질병판결센터로 돌아가야 했다.

준성은 이제 느리게 사는 게 익숙해졌다. 그런데 심장병이 사라지면 예전의 삶으로 돌아갈 것이다. 인공지능을 훈련시키고 과속 딱지를 조심하며 빈틈없이 살아야 한다.

그렇게 되면 제이도 떠날 것이다. 제이에게는 숨 쉴 틈 없이 바쁘게 살던 남자 친구가 있었다고 했다. 결국 삶의 방식이 맞지 않아 헤어졌다고 했다.

"자기는 앞을 보고 있는데 난 멈춰 서서 뒤돌아보고 있는 것 같다고 그러더라고요. 그래서 늘 답답했고 이해하기 힘들었다나요."

이틀 전 같이 회전목마를 타고 있을 때였다.

회전목마를 관리하는 직원에게 제이가 부탁해서 특별히 속도를 느리게 했다. 두 사람은 호박 마차를 같이 타고 천천히 돌고 있었다.

제이가 직업으로 삼고 있는 안내원과 상담원 같은 직업군은 인공지능과 나란히 자리를 다투고 있었다. 사람들은 취향과 상황에 따라 사람이나 인공지능 중 하나를 선택했다.

제이가 근무하는 공원에서도 안내원으로 제이와 인공지능 중 하나를 고르게 되어 있었다. 안내원으로는 제이가 좀 더 많이 선택되었다. 제이가 안내원 역할을 인공지능보다 잘한다는 말이었다.

제이는 누구보다 자신의 일을 사랑했다. 기본급이 적었지만 만족도가 높았다.

공원 직원들과의 평화로운 관계, 공원을 찾았던 손님들의 감사 인사는 제이의 삶을 충족시키고도 남았다.

"낡은 공원에서 그렇게 일하다간 금방 늙은이가 되어버릴 거라며 충고까지 하더라고요."

"그 남자 마음이 늙은 거예요."

준성은 제이의 무릎 위에 놓여 있던 손을 잡았다. 그리고 그녀의 입술에 입을 맞췄다. 호박마차가 멈출 때까지 두 사람의 키스는 계속 되었다. 이상하게도 그 순간만은 준성의 심장이 가쁘게 뛰지 않았다. 마차가 멈추고 자리에서 일어날 때야 비로소 준성의 심장이 고동쳤다.

"괜찮아요?"

그의 변화를 눈치챈 제이가 마차에서 먼저 내려 준성의 팔을 잡아주었다.

준성은 풀썩 그녀에게로 쓰러지듯 안겼다.

"너무 어지러워요. 잠시만 이러고 있어도 되죠?"

어지럼증이 다 가신 뒤에도 준성은 그대로 제이에게 안겨 있었다.

자신의 세찬 심장의 고동이 그대로 제이에게로 전달되길 바랐다.

이렇게 늙은 심장으로 제이와 평생을 같이 하고 싶어졌다.

7

'어쩌지?'

그날 저녁, 준성은 잠을 이루지 못했다.

만약 치료 캡슐을 먹지 않으면 어떻게 될까?

범법자로 몰려 구속될까?

심장병을 앓다가 죽게 될까?

아무리 느리게 사는 게 좋아도 죽는 건 싫었다.

'평생 병을 앓고 싶진 않아. 하지만 그녀를 잃기 싫어.'

준성은 안절부절못했고 제이에게 연락조차 하지 않았다.

결국 연락이 닿지 않자 그녀가 준성의 집으로 찾아왔다.

찾아온 그녀를 내칠 수 없어서 어쩔 수 없이 자신의 아파트 안으로 들어오게 했다.

"무슨 일이 있는지 걱정돼서요."

제이는 따뜻한 물이 담긴 유리컵만 만지작거리며 고개 숙이고 있었다.

준성은 그녀에게 아무 말도 하지 못했다.

"잘 있는 거 봤으니까 이만 갈게요."

침묵에 지친 제이가 유리컵을 내려놓고 먼저 자리에서 일어섰다.

"잠깐만요!"

준성은 급히 그녀를 붙잡았다. 모든 것을 다 말하려고 했는데 막상 망설여졌다.

자신의 느린 행동이 성격 때문이 아니라 심장병으로 만들어진 것임을 알게 되면 실망하지 않을까? 게다가 전 남자 친구로부터 받은 상처가 있는데, 자신의 거짓말로 더 아파하게 되지 않을까?

온갖 생각들이 준성을 주저하게 했다. 준성의 망설임에 제이는 다시 고개를 떨구며 말했다.

"준성 씨, 세상에서 가장 나쁜 건 말없이 도망치는 거예요."

제이는 그대로 현관으로 향했다.

롱부츠를 신는 그녀의 손이 떨리고 있었다. 준성이 그녀를 도와주려는데 제이가 그 손을 피해 옆으로 물러섰다. 제이는 부츠의 지퍼를 제대로 채우지도 않은 채 나가버렸다.

그녀를 쫓을까 말까 망설일 때, 핸드폰에서 메시지를 읽어주는 목소리가 그를 붙잡았다.

"최준성 님, 오늘 자정을 기해 과속으로 인한 질병 기간이 종결됨을 알려드립니다. 내일 편한 시간에 센터로 방문하셔서 치료제를 받아가시길 바랍니다."

8

다음 날, 오전 10시.

준성은 회사 출퇴근 때 입던 양복을 오랜만에 꺼내 입었다.

마침내 질병에서 해방되는 날이었다.

하필 준성이 나서는 오늘은 한파도, 눈도 없는 맑은 겨울 날씨였다. 눈이라도 불어 닥치면 센터로 가는 시간이 늦춰질 텐데 날씨가 원망스러웠다.

인공지능에게 사람의 영혼을 이해시킬 수 있을까?

이렇게 두 사람의 영혼도 이해하기 힘든데 왜 인공지능에게까지 이해시켜야 하는 걸까?

휴가계를 내게 된 게 다행이었다.

그땐 그 프로젝트에서 빠지는 게 인생 최대의 불행이라 여겼다. 하지만 삶의 속도가 느려지면서 당시의 사건에 대한 해석이 달라졌다. 준성은 지금에서야 자신이 사람에 대해 그리고 사랑에 대해 전혀 알지 못했다는 것을 깨달았다. 그런 사람이 인공지능에게 영혼의 세계를 이해시키려 했다니 어이없는 일이었다.

멀리 질병판결센터가 보였다.

준성의 생각은 거기서 멈췄다.

9

준성은 판결실에서 담당 판사와 마주앉았다.

판사의 얼굴은 여전히 새하얗게 빛나고 있었다.

"그동안 잘 지내셨나요?"

"…."

"회사에 휴가까지 낸 걸 보면 꽤 불편하셨나 봅니다."

역시 질병판결센터다웠다. 센터의 인공지능 프로그램을 관리하고 있는 회사 소속이다 보니 관리를 확실하게 받고 있었다.

"자, 그럼 치료제를 드리지요."

담당 판사는 준비된 치료제 캡슐을 준성에게 건넸다.

준성은 캡슐을 받아들고 천천히 삼켰다.

판사는 캡슐의 흡수를 체크하는 휴대용 기기를 준성 쪽으로 갖다 대었다. 입과 식도 속으로 캡슐이 사라진 것이 확인되자 판사는 판결문을 읽었다.

"이로써 45일간의 질병 기간이 종결되었습니다. 심장병은 깨끗이 사라질 겁니다."

담당 판사는 다음 판결 준비를 위해 자리에서 일어섰다.

담당이 사라지자마자 준성은 얼른 판결실 문을 열고 나섰다. 그리고 재빨리 화장실로 향했다. 빈 칸으로 들어가 문을 걸어 잠근 뒤 손가락을 입 속으로 넣었다.

단체의 운영진이 가르쳐준 방법은 정확하게 효과를 발휘했다. 그들에게서 받은 몸 안에 부착이 가능한 의료용 풍선은 맞춤처럼 들어맞았다. 그 풍선을 준성은 입천장과 식도 입구 안으로 부착시켰다.

부착된 풍선을 뱉어내자 캡슐이 그대로 머물러 있었다. 다행히 캡슐은 겉만 살짝 녹았을 뿐 멀쩡했다.

이러니 인공지능에게 어떻게 영혼을 이해시킬 수 있을까?

준성은 며칠간 인터넷을 뒤져 '질병을 원하는 사람들의 모임'을 찾아냈었다.

그들은 병을 앓을 권리를 주장하고 있었다. 완전무결성을 거부, 원래 각종 병이 있던 시대로 돌아가길 원했다.

질병을 원하는 단체는 불법이다 보니 접근이 쉽지 않았다. 암호와 여러 테스트를 통과해서 운영진에게 겨우 접근할 수 있었다.

자정이 넘은 시각, 한강 다리 밑에서 운영진과의 접선이 이루어졌다.

단체 운영자 중 한 명인 50대 여성이 준성을 만나기 위해 서 있었다.

"질병을 제거하지 않으려는 게 사랑 때문인가요?"

여자가 준성 쪽을 보지도 않은 채 물었다.

"평생 놓치고 싶지 않은 여자예요."

"그녀와 헤어지게 되면 질병을 제거하고 싶을 수도 있잖아요?"

"헤어지게 되면 그녀를 기다릴 거예요."

여성은 어이없어서 준성을 바라봤다.

"우리는 자연으로 돌아가기 위해 질병을 되찾으려는 거예요. 당신의 이유는 너무 사소해요."

운영자는 왔던 길로 되돌아가기 위해 등을 돌렸다.

준성은 다급하게 운영자에게 외쳤다.

"당신들도 똑같아요."

그녀가 다시 준성 쪽을 바라봤다.

"인공지능을 관리하는 게 삶의 전부였어요. 그런 삶을 바꾼 게 그녀의 사랑인데 뭐가 사소하다는 거죠? 인공지능도, 질병이 없는 세상도 날 바꾸지 못했어요. 정해놓은 경계 밖에 있는 사람들에게는 기회를 주지 않겠다는 건 질병판결센터를 만든 시스템과 똑같은 거라고요."

운영자는 준성을 남겨두고 그대로 떠났다. 그리고 며칠 후 아파트 우편함에 단체로부터 온 편지가 저장되어 있었다. 준성을 도와주겠다는 내용이었다.

10

질병판결센터를 나오자마자 준성은 캡슐을 버리고 공원으로 향했다.

서둘러야 한다.

요즘은 해가 짧아져서 안내 마감은 5시였다.

지금 출발하면 그녀가 퇴근할 시각 전에 도착할 수 있을 것이다.

두근거리는 심장을 가라앉히며 준성은 자동차 페달을 밟았다.

11

같은 시각, 질병판결센터의 보안실.

준성이 센터를 나간 후 준성의 담당 판사는 보안실의 호출을 받았다.

질병판결센터의 보안과장이 이맛살을 찌푸린 채 앉아 있었다.

과장은 판사에게 준성이 캡슐을 버리는 영상을 보여주었다.

예상과 달리 담당 판사는 아무렇지 않은 어조로 말했다.

"그대로 두셔도 됩니다."

"네? 그게 무슨 말씀이신지…?"

"저자는 애초부터 심장병을 앓은 적이 없습니다."

플라시보 효과.

담당 판사는 준성에게 가짜 질병 캡슐을 건넸다. 준성은 45일 동안 심장이 아픈 적이 없었던 것이다.

"왜 그런 짓을 한 겁니까! 이런 독단적인 행위는 조직 전체를 뒤흔드는 짓입니다!"

보안과장은 당장이라도 판사를 잡아먹을 듯 으르렁댔다.

"최고 판사님과 저, 두 사람만이 진행하고 있는 일입니다. 보안과장님까지 이제 세 사람이 알게 되었네요."

준성의 담당 판사는 지금의 판결 시스템에 회의가 많았다. 질병을 통한 형벌은 자연스럽지도, 공평하지도 않은 듯했다. 정신과 신체에 고통을 가하는 방식은 중세시대 고문과 별반 달라 보이지 않았다. 그 바람에 센터의 최고 판사와 자주 부딪히곤 했다. 그런데 최근 두 사람은 한 접점에서 만났다.

질병판결센터는 국가의 예산관리처로부터 질병 판결에 드는 관리 비용을 줄이라는 압박을 받고 있었다. 최고 판사는 센터 길들이기를 하는 작당이라며 분노했지만, 제대로 된 한 방을 보여주고 싶었다. 그러던 중 담당 판사가 플라시보 효과로 경범죄자들을 관리해보자는 제안을 했다. 최고 판사는 기피 대상 영순위였던 담당 판사의 제안을 처음으로 반갑게 받아들여줬다.

"이 사람에게 처음 플라시보 판결을 내렸습니다."

보안과장은 최고 판사의 결제가 있었던 사안이라고 하니 금방

꼬리를 내렸다.

"치료제와 질병을 아낄 수 있으니 모두에게 좋은 일이겠군요."

"역시 이해가 빠르십니다."

"그런데 저렇게 병에 걸렸다고 믿게 놔둬도 될까요?"

담당 판사가 어깨를 으쓱이며 대답했다.

"놔두셔도 괜찮을 겁니다. 어차피 진짜 병에 걸린 게 아니니까요. 본인이 차차 알아가겠죠."

"그런데 왜 저 사람을 첫 번째 케이스로 삼으셨나요?"

보안과장의 질문에 담당 판사는 잠시 숨을 고른 후 대답했다.

"오래 이 일을 하다 보면 보이더라고요. 병이 필요한 사람과 그렇지 않은 사람이요."

"병이 필요한 사람이 있다고요?"

"저 사람에게는 병이 필요해 보였습니다. 그 누구보다도."

판사는 수수께끼 같은 말을 남기고 보안실을 떠났다.

12

다행히 마감시간인 다섯 시 전에 도착했다.

준성은 제이의 공원 앞에서 그녀를 기다리며 서 있었다.

그리고 심장의 비밀에 대해 누구에게도 말하지 않기로 결심했다.

느린 시간 속에서 느리게 살기로 결심했다.

죽음도 두렵지 않았다.

느리게 살다 보면 죽음도 느리게 올 것 같았다.

저 멀리 공원의 정문 쪽으로 걸어오는 제이가 보였다.

준성은 손에 들고 있던 꽃다발을 감추고 그녀를 향해 걸어갔다.

한 걸음, 두 걸음 이제 곧 준성이 그녀와 만난다.

느려진 심장을 안고.

열병이 끝났다, 계절이 바뀌었다

〈500일의 썸머〉 그리고 〈봄날은 간다〉.

나쁜 여자를 만난 남자는 그녀 때문에 열병을 앓다가 성장한다.

두 영화의 제목에 계절이 들어간 건 우연일까?

뜨거운 사랑은 모두 우리의 곁을 스쳐 지나간다.

그러니 그런 불꽃같은 사랑을 계절에 비유하는 건 동서양을 막론하고 같을 수밖에.

뜨겁다고 피하는 건 사랑이 아니니까 선한 눈매의 톰과 상우는 풍덩 그 속으로 빠져든다.

그리고 그녀에게 잔뜩 상처받고 혼자가 된다.

톰이 썸머 때문에 괴로워서 접시 수십 장을 깨는 순간.

상우가 은수에게 사랑이 어떻게 변하냐며 매달리며 괴로워할 때.

미안하지만 카타르시스를 느꼈다.

"다신 아무도 안 만날 거야!"

연애로 상처받을 때마다 그렇게 외치곤 했다.

사람으로 받은 상처는 사람으로 치유된다는 말은 크게 도움이 되

201

지 않았다.

그럴 땐 남자들이 당하는 영화를 돌려 보면서 소심하게 위로받았다.

영화 속 톰과 상우를 보면서 나의 전 남친이 당하는 상상을 했다.

하지만 남자 주인공들이 괴로워하는 모습에서 암만 멈춤 버튼을 눌
러도 영화는 내 뜻과 다르게 끝을 맺는다.

결국 착한 남자들은 좀 더 성숙한 사람으로 성장해버린다.

톰은 썸머와 전혀 다른 타입의 여성을 만나 연애를 시작할 것을 예
고한다.

상우는 다시 돌아온 은수를 두고 담담히 돌아설 만큼 강해졌다.

그렇게 각각 봄과 여름을 보내고 다음 단계로 나아간다.

나는 봄과 여름을 제대로 보내고 있는 걸까?

은수와 썸머처럼 언제나 확실한 승리자가 되고 싶었다.

절대 톰과 상우의 위치가 되는 걸 원치 않았다.

누군가에게 매달리고 우는 건 그들의 몫이 되어야 했다.

그래서 더 매몰차게 돌아섰고, 자존심을 접을 바에야 헤어짐을 선택

했다.

나는 상처받지 않았다고 여겼다.

다음 단계에도, 그 다음 단계에도 영원히 상처받지 않을 자신이 있었다.

"넌 왜 너 혼자 생각하고 너 혼자 결론짓는 거야?"

끝내 이별을 통보한 내가 그들에게 자주 들었던 말이었다.

상처받기 전에 먼저 마음을 닫아야 했다.

그러면서도 좀 더 나를 붙잡아주지 않는 그들을 원망했고 남자들이 상처 입는 영화를 돌려봤다.

'무엇이 문제였을까?'

어쩌면 나는 스스로에게 기회를 주지 않았던 듯했다.

톰이 그릇을 깨고 상우가 매달리며 최선을 다할 때, 나는 자신을 보호하기 바빴다.

그래서 이젠 좀 더 관대해지려고 한다.

다음 단계에는 그를 위해 울기도 하고 접시도 깨야겠다.

혼자 생각하고 결정하는 건 뒤로 미루고 그와 긴 이야기를 시작할

것이다.

봄과 여름을 지독하게 겪고 있을 누군가에게 말해주고 싶다.

혹은 여전히 미숙할 것만 같은 미래의 나에게 당부해야겠다.

언젠가 계절은 바뀐다고.

조급해하지 말고 그 계절을 있는 그대로 겪었으면.

그러다 보면 다음 계절이 성큼 문 앞으로 다가와 있을 거야.

빡!

하필 뺨이 아니라 턱 언저리와 목을 맞아버렸다.

'손찌검을 하려면 제대로 할 것이지.'

찰진 소리와 함께 우아하게 얼굴이 꺾이는 건 드라마에서나 가능한가 보다. 고보라는 얼얼해진 목을 바로잡으며 주변을 살폈다.

다행히 보라가 사는 7층짜리 원룸 건물은 대부분 불이 꺼져 있었다. 금요일 저녁이다 보니 모두 뭔가를 불태우러 나가버린 듯했다. 뺨을 맞는 건 각오한 일이지만 그렇다고 사람들에게 SNS로 퍼나르기 좋을 얘깃거리를 만들어주고 싶진 않았다.

"내가 정말 여자는 때리고 싶지 않았다고. 진짜 인생 그 따위로 살지 마라."

이제 전 남자 친구가 된 그가 보라를 바라보며 매몰차게 말을 내뱉었다. 그러나 악에 받친 목소리와 달리 그의 눈엔 눈물이 맺혀 있었다.

'맞은 건 난데 눈물은 왜 네가 흘리니?'

보라는 피해자와 가해자가 바뀐 상황에 적응이 되지 않았다. 게다가 믿기지 않게도 그녀는 한 시간 전 직장을 그만두고 나왔다. 물론 그곳에선 뺨을 맞지 않았다.

여성복으로 유명한 대기업의 정직원이 된 지 일 년 육 개월 만이었다. 회사 공모전에서 대상을 타서 특별채용 형태로 바로 정규직이 되었다. 그런데 출근 첫날부터 보라는 그림자 취급을 당했다. 회사 내규도 제대로 설명해주지 않았고, 상사가 없으면 보라에게 말 한마디 붙이지 않았다. 보라가 정리해놓은 의상 샘플 파일을 흩트려 놓기는 예사였고, 중요한 변동사항을 보라하고만 공유하지 않아 회의 때 물 먹였다.

다른 직원들에게 보라는 그저 갑자기 하늘에서 떨어진 낙하산일 뿐이었다. 실력으로 들어온 것이 아니라 운발로 입사했다고 여겨졌다. 억울했지만 퇴직금과 실업급여 때문에 딱 일 년 육 개월을 참고 버텼다.

입사한 지 일 년 육 개월하고 하루 지나서 보라는 사직서를 냈다. 다행히 보라를 아끼던 상사가 그녀를 실업급여 요건에 맞게 사직 처리를 해주었다.

"요즘 애들은 너무 의지박약이야."

자신을 앞장서서 따돌리던 직원이 짐을 싸던 그녀에게 한마디 했다. 아직도 자신을 아랫사람으로 착각을 하는 게 어이없어서 보라 역시 응수했다.

"이 회사를 다니기에는 내가 너무 아까워서요."

그 말과 함께 직원의 옆구리를 들고 있던 박스로 퍽, 밀어버렸다. 직원은 들고 있던 아이스커피를 시원하게 뒤집어썼고, 보라는 당당하게 회사 복도를 걸어서 나갔다.

회사에서 가지고 온 짐을 원룸 바닥에 내려놓던 차에 전 남친이 나타난 것이다. 이쯤 되면 눈물은 사실 자신의 몫이 되어야 하지 않을까.

"소문 따위 믿지 않았는데 너 정말 양아치 맞구나."

보라와 전 남친은 같은 대학 동기로 졸업 즈음 커플이 되었다. 당시 보라는 연애 양아치로 불렸고, 별명은 대학 내내 그녀를 따라다녔다.

그 말을 끝으로 이제 여섯 번째 전 남친이 된 그는 보라에게서 돌아섰다.

'드디어 피날레구나.'

모든 것이 마무리 지어졌다고 생각했는데, 전 남친은 다시 보라에게로 몸을 돌렸다.

'설마 한 대 더 때리려는 건가?'

보라는 숨을 훅 들이쉬었다. 뺨을 내어주리라 각오한 건 딱 한 대까지였다. 두 대라면 이야기가 달라진다. 보라는 전 남친에게 이제 그만 사라지라고 경고하려 했다.

"너, 나 만나는 동안 진심이긴 했냐?"

갑작스런 전 남친의 말에 보라는 순간 말문이 막혔다.

"고보라! 마지막으로 걱정 돼서 하는 말이니까 잘 들어. 괜히 여러 사람 헷갈리게 하지 말고 똑바로 살아. 그러다 독한 사람한테 걸리면 한 방에 훅 가는 수가 있어."

전 남친은 정말 걱정하는 눈으로 그녀를 바라봤다. 방금 전 그녀의 뺨을 때리던 남자였다고는 믿어지지 않을 만큼 착한 눈동자였다.

보라는 마음이 흔들리려 했다. 갑작스레 일방적으로 이별을 통보하고 잠수를 탔던 일을 전부 사과하고 싶었다. 다시 시작하자고 붙잡고 싶었다. 하지만 이 연애의 유통기한은 모두 지나버렸다. 착한 눈을 가진 이 남자와 다시 시작해봤자 또다시 사랑의 무게가 무서워서 도망칠 것이고 잠수를 타리라.

보라는 언제나 다정함에 약했다. 그녀가 만난 남자들은 하나같이 다정하고 착했다. 여섯 명을 일렬로 세워두고 보면 형제라고 할 만큼 닮아 있었다. 그들에게 여자 친구가 있든, 썸을 타는 사람이 있든 상관하지 않았다. 그들을 기어코 자신 곁에 두었고, 그들의 다정함으로 자신의 마음속 구멍을 채우려 했다. 그러다가 관계가 깊어지고 책임질 것이 많아지면 먼저 달아났다.

"한 방에 훅 가든, 두 방에 가든 이제 우리 상관없는 사이잖아. 너나 나 같은 양아치 만나지 말고 잘 살아."

보라는 끝내 독한 말로 이별을 고했고 전 남친은 그녀에게 질려 빛의 속도로 사라져버렸다. 이로써 스물아홉의 보라는 남자들로부터 여섯 번의 뺨을 맞았고 여섯 번의 이별을 했다.

'하필 3월에 혼자가 되다니.'

보라는 남자 친구가 사라진 뒤에도 한참을 덩그러니 서 있었다. 이별의 충격 때문이 아니었다. 3월이었고 자신을 두고 떠난 엄마가 떠올랐다.

연애가 답이 아닌 건 알지만 그렇다고 정답대로 살 수 있는 게 인생은 아니었다. 그런 게 인생이었다면 보라의 엄마는 사고로 죽지 않아야 했다. 보라의 엄마는 평생 정답대로 살았다. 그녀는 인생 내내 성실했고, 남편이 사라진 뒤엔 더 성실했다. 시골의 외할머니에게 어린 보라를 맡겨두고 투 잡, 쓰리 잡까지 뛰었다. 서울에 작은 평수의 연립주택을 마련하자마자 보라를 데려왔다. 그러나 그 행복은 딱 2년을 채우고 끝이 나버렸다.

엄마를 사고로 보낸 3월엔 더 큰 마음의 구멍을 느꼈다. 보라는 그 구멍을 채우기 위해 연애의 끝을 늘 3월 뒤로 미뤘다. 하지만 이번엔 뜻대로 되지 않아 보라는 몇 년 만에 악몽의 달에 혼자가 되었다.

보라는 연애가 아닌 다른 것으로 마음을 채우기로 했다. 정신없이 돌아다니다 보니 어느새 백화점 안이었다. 두 손은 쇼핑백으로 가득 차 있었다.

'그러다 한 방에 훅 가는 수가 있어.'

보라는 두 시간 전에 헤어진 전 남자 친구의 말이 떠올랐다.

'그래, 차라리 한 방에 훅 가서 눈 뜨면 4, 5월쯤이면 좋을 텐데.'

그 순간 백화점 폐점 시간을 알리는 음악 소리가 울려 퍼졌다. 보라는 허둥지둥 백화점 밖으로 걸음을 옮겼다.

여섯 번 뺨을 맞아도, 신상과 명품을 방 안에 쌓아두어도 나아지지 않았다. 마음속 구멍은 엄마가 사라졌던 그 시간이 돌아오면 어김없이 커져버렸다.

'오늘은 하루 종일 밖에 있고 싶어.'

극장에서 심야영화를 연달아볼까, 오랜만에 클럽에 갈까, 그런 생각을 하며 거리를 걸어 다녔다.

'어? 그런데 여긴 어디지?'

보라는 어느새 문이 닫힌 시장 골목 거리를 걷고 있었다. 불이 꺼진 거리는 뭔가 튀어나올 듯 으스스했다. 보름달이 뜰 시간이었지만 먹구름에 가려져 밤은 더욱 어두웠다. 보라는 겁이 나서 불빛이 있는 가로등 쪽으로 향했다. 막 그쪽으로 다가가는데 그녀 앞으로 거대한 물체가 불쑥 튀어나왔다.

"으아악!"

보라는 비명을 지르며 부딪쳤고 각종 잡동사니가 보라 앞으로 와르르 떨어졌다.

"으아앗, 안 돼! 저리 비켜요!"

정신을 차리고 보니 보라 앞으로 손수레가 뒤집혀져 있었다. 수레 주인인 남자가 허둥대며 떨어진 잡동사니들을 줍고 있었다. 요란스레 구는 남자의 뒷모습을 보며 보라는 주춤주춤 서 있기만 했다.

"정신을 어디다 둔 거예요? 젊은 사람이 앞을 보고 다녀야지."

손찌검과 쇼핑으로 인해 기운이 다 빠진 보라는 그대로 남자의 곁을 지나쳤다. 그런데 그녀의 발밑으로 뭔가 콰직, 하고 밟혔다. 휘청거리다 내려다보니 붉은 하이힐이 뒹굴고 있었다.

"그걸 밟으면 어떡해요! 그 구두가 얼마나 멋진 건데!"

남자는 보라를 거칠게 옆으로 밀어냈다. 그 바람에 보라는 가로등 몸통에 부딪히고 말았다.

"뭐예요!"

보라는 화가 나서 남자에게 항의하려다 그대로 굳어버리고 말았다. 잡동사닌 줄 알았는데 바닥엔 온통 구두와 신발들이 흩어져 있었다. 헌 구두들이 보라 주변을 점령하고 있었다.

그 광경에 넋이 나간 보라 앞으로 뚜벅뚜벅 손수레 주인인 남자가 걸어와 섰다.

폐지를 줍는 중년 남자겠거니 했는데, 얼핏 자신 또래로 보이는 남자였다. 가로등 불빛 밖에 서 있어서 남자의 얼굴은 흐릿하게 보였다.

보라가 대답이 없자 남자는 몸을 더 구부리며 다가섰다.

"어디 다친 덴 없어요?"

가로등 불빛의 경계 안으로 남자가 들어섰다. 남자의 얼굴이 확 하고 조명을 켠 듯 보라의 눈 안으로 들어왔다.

'가로등 때문인가?'

남자의 얼굴은 하얗다 못해 빛이 나는 것 같았다. 보라를 걱정하는 듯 찡그린 미간은 고운 벨벳처럼 선이 고왔다.

'진짜 사람 맞아?'

그 순간 밤하늘의 먹구름이 사라졌다. 환한 보름달이 나타났고 만월의 빛이 두 사람 앞으로 쏟아졌다.

달빛에 비친 남자의 얼굴을 보자마자 보라는 그대로 얼어붙었다. 남자의 짙은 갈색 눈빛이 어느새 새파란 빛을 띠고 있었다. 터키석처럼 남자의 눈은 파랗게 빛났다. 보라는 너무 놀라 숨조차 쉴 수 없었다.

'괴물…! 괴물이야!'

보라는 그대로 기절하고 말았다.

3월은 아무래도 저주받은 달인가 보다.

번쩍, 눈을 떴을 때, 보라의 눈앞은 온통 보라색으로 가득 차 있었다. 천장과 벽체가 모두 보라색으로 칠해져 있었고, 바닥은 창

백한 대리석이었다. 고급 문양의 카펫이 도어 매트로 척 놓여 있었다. 축 늘어진 몸을 일으키고 보니 자신이 누워 있던 곳은 고급 물소 가죽 소파 위였다.

'도대체 여긴 어디야?'

영업이 끝났는지 가게 입간판이 안으로 들어와 있었다.

'세상의 모든 구두를 수선합니다'

간판 문구는 스와로브스키 크리스털로 한 알, 한 알 수공으로 박혀 있었다.

'수선으로 돈을 얼마나 벌기에 스와로브스키를 간판에 깔 수가 있지?'

가로수길 명품 편집 숍처럼 호화롭게 꾸며진 곳이 구두 수선 가게라니.

보라는 아직 잠에서 덜 깬 게 아닌지 얼떨떨했다. 이때 그녀 앞으로 남자의 얼굴이 불쑥 튀어나왔다.

"으악!"

보라는 놀라 얼른 몸을 뒤로 젖혔다. 정신 차리고 보니 새하얀 얼굴의 손수레 남자가 자신 앞으로 얼굴을 들이밀며 서 있었다. 살짝 옆으로 휜 높고 단단한 콧매가 보라 앞에서 움직였다. 눈빛은 짙은 갈색으로 돌아와 있었다.

'내가 잘못 본 건가?'

"이제 정신이 좀 드셨나요?"

경계의 눈빛으로 자신을 훑어보는 남자를 향해 간신히 고개를 끄덕였다. 보라는 어쩐지 그의 홍채가 또 변할 것만 같았다.

"아까 가로등에 기대 있다가 혼자서 고꾸라졌던 거, 기억나요?"

손수레 남자는 보라의 눈치를 살피고 있었다.

"그런데 여긴 어디예요?"

수수께끼의 남자는 자신이 구두 수선공이며 이름이 한빛이라고 했다.

한빛의 가게는 서울시의 지원으로 만들어진 청년사업 특화거리에 자리 잡고 있었다. 그러고 보니 이 거리와 수선 가게에 대한 기사를 본 기억이 났다. 보라는 언제나 자신만의 숍을 가지는 게 꿈이었다. 그래서 간간히 정부의 지원을 받는 특화거리나 사업구역을 살펴보곤 했다.

특화거리에 넘쳐나는 카페와 공방 대신 생활 밀착형 가게 한 곳이 오픈해서 눈길을 끌고 있다고 했다. 수선 가게 사장이 호감형 외모로 SNS 스타가 되었다고 했는데…. 순간 보라의 머릿속으로 인터넷에서 본 기사 하나가 번개처럼 스치고 지나갔다.

"혹시 임시완 수선공?"

보라의 말에 한빛은 인상을 찌푸렸다. 예쁘장한 주름이 또 다시 이마 위로 잡혔다.

보라는 그 고운 선에 감탄이 나오려던 걸 간신히 참았다. 연애로도, 직업상 미팅으로도 잘생긴 남자들은 수없이 만났다. 그래서 웬만해선 남자의 외모에는 흔들리지 않았다. 그런데 가로등 아래서 봤을 때도, 지금 가게에서도 심장이 반응하는 이유를 도통 알 수 없었다.

보라는 잡생각을 떨쳐내고 한빛을 향해 말했다.

"맞죠? 훈남 구두 수선공, 짝퉁 임시완!"

한빛은 인터넷에서 잘생긴 외모 덕분에 임시완 구두 수선공으로 불렸다.

"제 이름은 한빛입니다. 짝퉁이니, 임시완이니 불쾌합니다."

한빛은 이야기의 방향을 바꾸기 위해 접촉사고에 대해 설명했다.

세상의 모든 구두를 고친다는 이 구두 가게의 사장은 재활용센터나 고물상에서 버려지는 구두를 수거, 수선해서 기부단체에 보낸다고 했다. 마침 오늘이 구두를 받으러 가는 날이었는데 보라와 딱 부딪힌 것이다. 경찰이나 응급차를 부르면 상황이 더 꼬일까 봐 기절한 그녀를 손수레에 싣고 이곳까지 왔다고 했다.

"사람이 쓰러졌으면 병원으로 데려가야죠. 이렇게 가게로 데려오면 어쩌자는 거예요? 이거 납치라고요!"

이야기를 듣던 중 보라는 한빛이 괘씸해졌다. 상황을 모면하려고 자신의 가게로 데려오다니 절대 용서 못할 일이었다.

잘생긴 얼굴 하나면 모든 것이 통할 줄 알았겠지. 보라는 얼굴만 믿고 건방지게 구는 남자들을 업계에서 숱하게 봐왔다. 그들에게 단련된 보라에겐 그 수가 절대 통하지 않았다.

그때 가게의 창 너머로 보름달 달빛이 비집고 들어왔다. 달빛을 받자마자 한빛의 눈동자가 다시 터키석처럼 새파랗게 변했다. 그녀가 잘못 본 것이 아니었다. 놀란 보라는 스프링처럼 자리에서 벌떡 일어섰다.

"저, 저는 이만 가볼게요! 생각해보니 병원이 뭐가 그렇게 중요하겠어요. 이렇게 몸이 멀쩡해졌으면 됐죠. 그럼 수고하세요!"

보라는 보랏빛으로 칠해진 가게 문을 열고 달아났다.

'투견처럼 달려들더니 왜 나가버린 거지?'

한빛은 갑자기 달아나는 그녀를 바라보다가 창에 비친 자신의 모습을 보고 깨달았다.

오늘은 보름달이 뜨는 날이었다. 한빛의 기운이 강해지는 시간이었다. 그럴 때면 야광신의 오랜 DNA가 움직였고 과거 조상들이 그랬던 것처럼 파란 눈이 되었다.

'맞다. 오늘 보름달이 뜨는 날이잖아. 깜박하고 있었어.'

그러다 한빛은 그 자리에서 얼어붙고 말았다.

'저 여자, 분명 인간인데 어떻게 내 눈을 알아본 거야?'

인간은 야광귀의 파란 눈을 절대 볼 수 없었다.

한빛이 속한 야광족들은 신발을 탐하는 종족이었다.

음력설에 인간들이 벗어둔 신발 중 신어보고 맞는 것을 훔쳐갔고, 그렇게 신발 주인의 한 해 행운을 빼앗아갔다. 그 운으로 야광들은 영생을 했고, 부를 누렸다.

　인간의 행운을 빨아먹고 살던 다른 야광귀들과 달리 한빛은 불운을 흡수했다. 인간에게서 나쁜 운을 가져가고 착한 운을 심어주었다. 그 덕분에 한빛은 늘 악몽에 시달렸다. 인간에게서 흡수한 나쁜 운은 한빛에게 불면의 밤을 선사했다. 하지만 한빛의 이러한 선한 행위 덕분에 야광귀 중에서 유일하게 '신'이 될 수 있었다.

　인간에게서 행운만을 빨아먹던 야광귀들은 불행한 운명을 안긴 대가로 소멸되어 갔다. 우주는 한쪽으로 저울이 기울면 균형을 잡으려 했다.

　결국 야광족들은 모두 소멸되어버렸고, 한빛은 혼자 남게 되었다.

　한빛은 야광신이 되어 고독 속에서 묵묵히 인간의 불행을 수선하며 살아갔다.

　과거, 야광족은 보름달이 뜰 때면 인간들의 집 담장을 넘었다. 야광족은 그 이름에서도 알 수 있듯이 밤에 움직이는 종족으로 보름달을 받으면 강한 기운을 가지게 된다. 그 기운을 이용해 푸른 빛이 나는 무시무시한 본래의 모습 대신 인간으로 변신했다. 인간의 모습으로 변한 야광족은 그 모습에 익숙해져서 인간과 같은 형태로 살게 되었다.

　시대와 세대가 바뀌면서 한빛은 더 이상 인간의 집 담장을 넘지 않았다.

　인터넷이 발달하자 인터넷 중고 마켓을 통해 신발을 매입하기 시작했다. 그러나 인터넷 거래에서는 중고 신발 대신 벽돌이나 고양이똥이 배달되기도 했다. 게다가 훔친 신발들이 배달되기도 해서 거래를 그만두게 되었다. 타인이 훔친 신발은 주인이 강제로 뒤바뀌는 바람에 원한이 많았다. 구두의 마음을 달래려면 몇 달이 걸릴 때도 있었다.

갖가지 시행착오를 겪은 뒤 한빛은 구두 수선 가게를 선택했다. 가게로 들어오는 구두들은 대부분 주인의 관심을 받고 있어서 좋은 사연들을 지니고 있었다. 가끔은 버려진 구두를 기부 받아 인간들의 불운을 흡수했다.

구두의 불운을 흡수하면 그 구두의 주인은 행운을 누리게 되었다. 간발의 차이로 사고를 피하거나, 소중한 인연을 만나게 되었다. 그들이 행복한 만큼 한빛은 악몽에 시달렸다. 그리고 만월이 뜨는 밤이면 힘이 강해져서 눈빛이 파랗게 변하곤 했다. 이는 같은 야광귀들만 알 수 있었다. 인간의 눈으로는 결코 볼 수 없었다. 하지만 이제 야광귀들은 모두 신과 우주의 징계를 받아 소멸했고, 야광족이라곤 신이 된 한빛만이 존재했다.

한빛은 불멸의 존재로 영원히 혼자 남은 것이다.

이는 저주일까? 행운일까?

인간을 위해 행운을 가져다주고 있지만 자신은 영원히 고독 속에 살아야 했다. 유럽, 아프리카 등 다양한 대륙으로 옮겨 다니며 자신의 운명에만 충실했다.

그런데 몇 백 년 만에 자신을 알아본 존재가 나타났다.

한빛은 그녀가 두고 간 쇼핑백에서 그녀가 신던 구두를 꺼내들었다.

보라의 구두에는 커다란 불운이 새겨져 있었다.

한빛의 가게에서 탈출한 그날 밤.

집으로 돌아온 보라는 뜬눈으로 밤을 새웠다. 보라색으로 칭칭 두른 가게에서 파란 눈동자를 가진 사내를 만난 게 꿈같았다. 그러던 중 그 가게에 쇼핑백을 두고 왔다는 사실을 깨달았다.

퇴직금과 실업급여가 있으니 고생한 자신을 위한 딱 한 번의 선물이라 생각했다. 그리고 긴 재취업의 터널 속으로 꾸역꾸역 들어가려고 했다.

눈독만 들였던 최고 애정하는 디자이너의 한정판 블라우스와 가죽 재킷이 눈에 아른거렸지만 포기하기로 했다. 그 가게로 갔다간 영원히 빠져나오지 못할 것 같았다.

'설마 찾아오는 건 아니겠지? 영수증도 다 찢어서 버렸으니까 흔적은 없어.'

보라는 스스로를 안심시키며 겨우 잠들었다.

안심한 보람도 없이 다음 날 인터폰 화면 앞에 한빛이 서 있었다.

"당신 스토커예요, 뭐예요! 경찰 부를 거예요, 당장 사라져요!"

공포에 질린 보라는 인터폰 스피커가 찢어져라 소리 질렀다.

한빛은 인터폰 창을 향해 보라가 두고 간 쇼핑백을 흔들었다.

보라의 구두에서 읽은 기억으로 한빛은 그녀의 집으로 찾아왔다.

"이거 돌려주려고 왔어요. 할 말이 있으니 잠깐 밖으로 나와요."

"당신과 할 말 없어요. 쇼핑백은 그냥 거기 두고 가세요. 지금 경찰 불렀다고요!"

한빛은 잠시 머뭇대더니 그대로 사라졌다. 한빛이 사라진 뒤에야 보라는 문을 살짝 열었다. 후다닥 재빨리 쇼핑백을 안으로 가지고 들어왔다. 그런데 쇼핑백에 구두 수선증이 붙어 있었고 그 위로 한빛의 글이 적혀 있었다.

난 구두의 기억을 읽을 수 있어요. 어머니에 대한 기억으로 괴로운 거죠?

내가 도와줄 수 있어요. 어머니가 남긴 구두가 있다면 가지고 오세요.

보라는 그 자리에 털썩 주저앉았다. 이게 무슨 일인지 정신을 차릴 수가 없었다.

'이 남자, 도대체 정체가 뭐야?'

엄마의 죽음 이후로 보라는 세상을 믿지 못했고 마음을 붙이며 사는 게 어려웠다.

서른여덟 살의 싱글 맘이었던 엄마는 열 살의 딸을 두고 영원히 돌아오지 못했다. 딸이 용돈을 모아 생일 선물로 사준 검정색 단화를 신은 채.

학습지 교사 겸 전직 보험설계사였던 보라의 엄마는 다행히 딸을 위해 좋은 보험들을 설계해두었다. 성인이 될 때까지 보라의 보험금에 누구도 손을 댈 수 없었다. 친척들은 돈 욕심에 보라에게 들러붙었다가 저주 섞인 말들을 해댔다.

"근본도 알 수 없는 남자한테 몸을 굴리더니 흉사를 당한 거야."

보라는 그들을 통해 아빠가 임신했던 엄마를 버리고 사라졌다는 것을 알게 되었다.

먼 나라에서 일하다가 죽은 줄로만 알던 어린 소녀에게는 큰 충격이었다.

소녀는 마음의 문을 닫았고 혼자 성장했다. 사람들은 엄마가 남긴 돈이라도 있으니 불행 중 다행이라고 했다. 하지만 그 대가로 엄마가 죽은 3월이 되면 고통에 시달렸다.

보라는 신발장 맨 위로 손을 뻗었다. 간신히 손닿은 곳에서 먼지가 쌓인 구두 상자가 잡혔다. 그 속엔 오랫동안 살피지 않은 구두 한 켤레가 들어 있었다. 19년 전 추억과 상처들이 물밀 듯 밀려왔다. 어린 보라가 꼬박 일 년 동안 용돈을 모아 샀던 엄마의 생일 선물이었다.

'우리 보라가 준 선물이니까 평생 간직할게.'

보라는 한참 동안 구두를 껴안고 울고 또 울었다.

그렇게 다시 보름달이 뜨는 밤이 돌아왔다.

이 주가 지나도록 보라는 한빛의 가게에 나타나지 않았다.

한빛은 그녀를 애타게 기다렸다. 매일 아침 일찍 문을 열어 밤 늦게까지 닫지 않았다. 주말에도 혹시나 싶어 가게를 열고 서성 거렸다.

'내 눈을 어떻게 알아본 걸까?'

한빛은 최대한 자연스럽게 그녀와 접촉하고 싶었다. 그래서 쪽 지를 써서 줬고 인내심을 가지고 기다렸다. 하지만 일이 이렇게 틀 어진다면 어쩔 수 없었다. 야광신의 힘을 이용해서 그녀를 유혹해 자신에게 오도록 해야 했다.

보름달이 뜨면 야광족들은 어떤 인간이든 유혹할 수 있었다. 그 힘을 이용해서 마음에 드는 구두를 가진 인간을 유혹한 뒤에 구두 를 훔쳤다. 잘생김 따위에 흔들리지 않던 보라가 한빛에게 심장이 뛰었던 이유도 바로 그것이었다.

한빛은 더 이상 그녀를 기다리지 않기로 했다. 이제 최후의 수 단만이 남았다.

오늘 밤, 보름달이 뜬다. 그녀를 만나러 갈 수밖에.

보라는 한빛과 헤어진 후 집을 내놓았다.

지금의 집은 중심가인 회사 근처로 구한 탓에 세가 비쌌다. 실 업자가 된 마당에 싼 집을 구하기도 해야 했지만 두 번 다시 한빛을 만나고 싶지 않았다. 그가 다시 자신을 찾아올까 두려웠다. 부지런히 집을 보러 다니며 바쁜 나날을 보냈다.

입사와 동시에 무리해서 부었던 적금을 해지한 뒤엔 실업급여 신청을 위해 뛰어다녔다.

보름달이 뜬 밤까지 여러 사람들이 자신의 집을 보러왔고 이사 날짜 등을 조율했다. 보라는 싫은 내색 없이 맞춰주었다. 그러다 밤에는 완전히 지쳐 쓰러져 잠들었다. 그런데 문득 발소리가 들려 설핏 잠에서 깼다.

눈을 떠보니 엄마의 구두가 방 한가운데 놓여 있었다. 구두코의 방향은 보라의 침대 쪽을 향해 있었다. 그 모양새가 보라를 향해 걸어오던 중 딱 멈춰 선 것처럼 보였다. 그리고 구두가 보라를 향해 말했다.

"도망치지 마."

보라는 벌떡 일어나 침대 옆 조명등을 켰다. 구두는 어느새 사라지고 없었다.

신발장을 열어보니 구두는 그대로 그 자리에 있었다. 그때 누군가 벨을 눌렀다.

'설마, 아니겠지?'

떨리는 몸을 추스르며 보라는 인터폰 모니터 쪽으로 향했다.

역시나 한빛이 서 있었다.

보라는 주춤주춤 문에서 뒷걸음질 쳤다.

"보라씨, 나예요. 문 열어줘요."

문 너머 부드러운 목소리가 들렸다. 그 목소리를 듣자마자 주변 공기가 따뜻해지면서 편안한 기분이 들었다. 방금 전까지 보라의 몸을 감싸던 불안과 공포가 눈 녹듯 사라졌다.

"당신의 구두에서 불운을 읽었어요. 그 불운을 없애줄게요."

보라는 목소리에 이끌려 문을 열었다.

보라의 집은 7층 꼭대기 집이었다. 복도 창 너머로 보이는 밤하늘에 보름달이 걸려 있었다.

그때처럼 한빛의 눈이 다시 파랗게 변했다. 그런데 이번엔 두렵지 않았다. 푸른빛이 너무 달콤해서 몸이 녹을 듯했다. 야광신의 힘이 보라를 끌어당기고 있는 것이다.

'내가 왜 이러지? 숨이 막히고 심장이 터질 거 같아.'

"들어가도 될까요?"

보라는 기꺼이 한빛을 자신의 집으로 맞았다. 그리곤 현관 문 앞에 선 채, 한빛의 얼굴을 가만히 바라봤다.

"그런데 내 이름은 어떻게 안 거예요?"

"수선증 종이에 적었잖아요."

"구두의 기억을 읽었다?"

한빛은 그녀의 귓가에 대고 말했다.

"난 구두에게서 불운을 가져가는 존재예요. 당신에게서 불운을 가져갈게요."

한빛의 숨결 하나하나가 뜨거웠다. 키스하고 싶은 욕망을 겨우 누르며 보라는 말했다.

"어떤 불운이요?"

한빛은 신발장 위로 손을 뻗어 문제의 구두를 꺼냈다.

"이 구두가 있는 한 당신의 불운은 계속될 거예요. 계속 이별을 하고 직장을 옮겨 다녀야 할 거라고요."

엄마의 구두를 보는 순간 보라는 반짝, 정신이 들었다.

"지금 뭐하는 거예요? 그리고 당신! 여긴 어떻게 들어왔어요?"

그 순간, 파랗게 변한 한빛의 눈빛이 보였다.

"눈이 또 변했어!"

역시 보라는 야광신인 한빛을 정확히 알아보고 있었다.

달아나려는 보라의 팔을 한빛이 꽉 잡았다.

"내 눈을 인간은 절대 볼 수 없어요. 도대체 어떻게 알아본 거예요?"

보라는 한빛에게서 벗어나려고 버둥거렸다.

"이거 놔요! 그리고 그 구두, 내려놔요. 나에겐 세상 단 하나뿐인 소중한 물건이에요."

보라는 한빛에게서 구두를 뺏으려고 손을 뻗었다. 야광신은 그녀를 피해 구두를 더 높이 들어올렸다.

"당신에 대해 알아야겠어요."

한빛은 보라를 놓은 뒤 두 손으로 구두를 꽉 잡았다. 그와 동시에 한빛의 몸에서 푸른빛이 팡! 퍼져 나왔다. 놀란 보라는 한빛 곁에서 재빨리 물러섰다.

저벅저벅 한빛은 구두의 기억 속으로 걸어 들어갔다.

어둠 속, 가로등도 없는 주택가 거리.

보라의 엄마가 과외를 하던 옥탑방 집에서 내려오고 있었다.

싱글 맘인 그녀는 자신을 기다리는 딸 때문에 걸음이 급했다.

딸과 같이 산 지 이제 이 년째였다.

하루하루가 소중하고 행복했다.

옥탑방 건물의 옥외 계단은 가파르고 높았다.

계단 폭은 지나치게 좁았고, 오래된 철제 손잡이는 부서질 듯 위험했다.

그날 밤, 봄비가 내린 탓에 계단에 빗물이 고여 있었다.

중간쯤 내려서다 보라의 엄마는 빗물에 미끄러지면서 그대로 계단을 굴렀다.

마지막 계단 층에서 목이 부러졌다.

딸은 왜 한 치수 큰 구두를 사주었을까?

구두의 기억은 거기에서 끝났다.

순식간에 파란 기운이 사라지고 한빛은 다시 원래대로 돌아왔다.

"구두가 컸어요?"

보라는 깜짝 놀라 눈이 커다래졌다.

"그걸 어떻게 알았어요?"

"보라 씨가 실수로 큰 구두를 샀는데 어머니가 바꾸지 않으셨네요. 맞아요?"

오랫동안 누구와도 하지 못했던 이야기였다.

영원한 비밀이었는데 이제 그 비밀이 빗장을 열고 밖으로 나오려 했다.

보라는 떨리는 숨을 고르며 간신히 입을 열었다.

"구두를 팔던 아주머니가 내가 고른 구두가 본래 사이즈보다 작게 나왔다고 했어요. 한 치수 크게 사라고 했어요. 그래서 큰 걸 샀는데 엄마에게 맞지 않았어요. 엄마는 내가 용돈을 모아 산 선물이라고 바꾸지 않았어요. 깔창을 넣고 뒤축에 두꺼운 천 가죽을 붙여서 신었어요."

보라의 입술이 떨리고 있었고 한빛 역시 마음이 아파왔다.

"엄만 내가 사준 큰 구두를 계속 신고 다녔어요. 언젠가 발에 맞을 거라며. 진짜 바보 같지 않아요?"

툭, 기어코 보라의 눈에서 눈물이 떨어졌다. 한빛이 성큼 그녀에게로 다가섰다.

"당신 잘못이 아니에요."

그 말과 동시에 보라는 눈물이 터져버렸다.

누구도 해주지 않았던, 그래서 가장 간절히 듣고 싶은 말이었다. 그 말을 인간이 아닌 존재에게서 들을 거라고는 상상도 못 했지만 보라는 기대고 싶었다. 하지만 자신은 위로를 받을 자격이 없었다. 아무리 달콤해도 거짓말은 원치 않았다.

"거짓말하지 말아요. 엄마가 죽은 모습을 봤잖아요."

"구두 때문이 아니라면요. 당신이 잘못 알고 있었던 거라면?"

보라는 깜짝 놀라 한빛을 바라봤다.

"내가 당신의 불운을 가져갈게요."

한빛은 보라에게 엄마의 구두를 신겨주었다. 그리고 두 손을 꼭 잡았다.

"내 존재를 알아봤다면, 분명 당신에겐 다른 뭔가가 있을 것 같군요."

보라는 도통 한빛의 이야기를 알아들을 수 없었다.

"이제 구두의 마지막 기억을 볼 거예요. 당신이라면 같이 볼 수 있을 거예요."

한빛의 말이 끝나자마자 파란빛이 보라를 감쌌다.

또각또각 보라는 구두의 기억 속으로 걸어 들어갔다.

옥탑방의 계단.

한 걸음, 한 걸음 엄마는 내려오고 있었다.

어두운 곳이라 난간 손잡이를 꼭 잡은 채.

그날따라 옥탑방 아래 주택들도 모두 불이 꺼져 있었다.

무언가 털썩! 옥상 위로 떨어지는 소리가 들렸다.

엄마는 고개 돌려서 소리 나는 쪽을 바라봤다.

어떤 남자가 옆집 옥상에서 건너 뛰어와서는 가만히 서 있었다.

순식간에 엄마는 공포를 느꼈다.

난간 손잡이를 잡고 얼른 내려가려던 그때.

남자가 그대로 엄마의 등을 밀었다.

남자는 다시 옥상과 옥상을 건너 저 멀리 사라졌다.

구두의 기억이 끝났다.

보라는 모든 것이 혼란스러웠다. 19년간 자신을 괴롭힌 악몽에서 벗어난 순간이었다.

"그 남자, 누구예요?"

한빛이 대답이 없자, 보라는 조바심이 났다.

"왜 얼굴이 보이지 않는 거예요?"

한빛은 그 기억 속 남자보다 자기 앞에 서 있는 이 여자가 더 궁금했다.

야광신인 자신과 함께 구두의 기억 속으로 걸어 들어갔다. 그리고 다시 멀쩡하게 돌아 나왔다. 보통의 사람이라면 이런 차원의 에너지를 견디지 못할 것이다. 기억을 잃고 기절하거나 충격을 받고 그대로 쓰러졌으리라.

"보라 씨 정말 신기한 여자네요."

"당신만큼은 아니죠. 빨리 대답해줘요. 엄마를 그렇게 만든 사람이 누구냐고요?"

"그건 나도 몰라요."

보라는 맞잡고 있던 한빛의 손을 더 꽉 움켜쥐었다.

"그 남자를 찾아줘요! 당신은 할 수 있잖아."

"난 당신의 불운을 없애러 온 것뿐이에요."

주인을 잃은 구두는 기억을 잃어간다. 사고가 일어난 그 순간, 엄마의 구두는 등을 민 남자의 얼굴을 기억하고 있었을 것이다. 허나 시간이 지나면서 사람처럼 구두의 기억도 풍화된다. 이대로 둔다면 구두의 기억은 점점 더 사라져갈 것이다. 그 기억을 증폭시키려면 한빛 자신의 에너지를 갖다 바쳐야 했다.

문제는 구두가 얼마나 많은 에너지를 탐할지 알 수 없다는 것이었다.

한빛에게서 에너지만 뽑아먹고 원하는 기억의 조각을 주지 않을 수도 있었다. 그렇게 된다면 한빛의 에너지만 고갈되고 내상을 입을 게 뻔했다.

"구두가 범인의 얼굴을 떠올릴 수 있게 해줘요."

보라의 눈은 어느 때보다 간절했다.

세상 유일하게 자신의 존재를 이해하는 여자가 나타났다.

몇 백 년의 고독 끝에 만난 것이었다.

그녀를 여기서 보낸다면 또 누구를 만날 수 있을까?

한빛은 고민에 빠졌다.

그녀를 붙잡으려면 한 가지 방법밖에 없었다. 자신의 에너지를 부어서 구두의 기억을 찾아야 한다. 그동안 쌓은 선업을 이런 일에 바친다면 신으로서 가치가 떨어진다. 신의 위치에서 강등되어 다시 야광귀가 되거나 소멸당할 가능성도 있었다.

'그럴 가치가 있을까?'

한빛은 보라의 머리카락을 부드럽게 쓰다듬었다. 한빛의 손이 보라의 귓등을 살짝 스쳤다.

"단 조건이 있어요."

첫째, 자신의 수선 가게에서 일할 것.

둘째, 한빛이 구두에게 에너지를 빼앗겨 악몽을 꿀 때마다 자신 곁에 있어 줄 것.

거의 같이 붙어 있자는 소리인데 보라는 무조건 고개를 끄덕였다.

"그런데 보라 씨 아버지는 어떤 사람이었어요?"

보라는 보험금 때문에 자신에게 들러붙었던 친척으로부터 들었던 이야기를 털어놨다.

아빠라는 사람은 백화점에서 구두를 팔던 직원이라고 했다. 엄마는 우연히 구두를 사러 들른 매장에서 아빠를 만났고 지나치게 잘생긴 얼굴이어서 부담스러웠다고 했다. 그 걱정대로 보라가 태어나기 전에 사라졌고 두 번 다시 나타난 적이 없었다고 했다.

한빛은 그제야 보라가 어떻게 자신을 알아봤는지 알 수 있었다. 보라의 아빠는, 이제 모두 사라져버린 야광종족 중 한 일원이었던 듯했다. 최후까지 버티다가 인간과 사랑에 빠진 죄로 소멸당했을 것이다. 보라는 야광족과 인간 사이에서 태어난 존재였다. 야광신을 알아본 것도, 구두의 기억 속으로 들어갈 수 있었던 것도 모두 그 때문이었다.

'이물이 인간과 사랑에 빠져 딸까지 만들었으니 벌을 받을 수밖에.'

야광족은 인간의 행운을 흡수한 대가로 멸종당한 줄 알았다. 인간과의 사랑으로 사라진 일원이 있으리라곤 생각하지 못했다.

보라의 아빠는 도망친 게 아니라 신의 벌을 받아 사라진 것이었다.

원룸 창으로 보름달의 환한 달빛이 흘러 들어오고 있었다.

그 달빛 때문에 한빛의 눈빛은 다시 파랗게 변했다. 그 탓에 보라는 한빛에게 홀려서 무방비로 서 있었다.

자신에게 반한 그녀의 모습에 한빛은 불길한 예감이 들었다.

'나도 사라져버릴지 몰라.'

그녀가 자신의 곁에 머무는 이유는 단 하나, 엄마를 죽음으로 내몬 남자를 잡으려는 것뿐이었다.

범인을 잡고 나면 보라는 자신을 떠날 것이고, 한빛은 신의 위치에서 강등될 것이다.

하지만 수백 년의 고독 끝에 만난 존재였다.

소멸될 땐 되더라도, 오늘은 마법의 달이 뜬 순간이니까, 이 정도는 신도 눈감아주겠지.

한빛은 그녀의 얼굴을 두 손으로 감쌌다.

그리고 부드럽게 보라에게 키스했다. 보라 역시 한빛의 키스에 응답했다.

두 종족의 세계가 하나로 겹쳐지고 있었다.

사랑이 지겹다면 마법을!

"요즘 숨 쉬는 것도 지겨워."

"여행은 무리야. 통장 잔고가 제로라고."

"술? 그것도 어릴 때 얘기지. 이젠 몸에서 안 받아요."

……

"그럼 새 구두를 사!"

친구들이 일상에 치여 힘들어 할 때, 내가 추천하는 방법이다.

그 중 특별히 권하는 구두는 바로 메리제인 슈즈.

다양한 디자인이 있는데 그 중 낮은 굽, 긴 끈 끝에 똑딱 단추가 붙은 것이 좋다.

이 구두는 상류사회의 파티에 처음 인사 나가는 아가씨들이 신었다고 한다.

새로운 세상으로 나가는 첫 걸음을 채워주는 구두.

이상한 나라의 앨리스, 오즈의 도로시도 메리제인을 신고 있었다.

그곳에서 길을 잃지 않았던 건 어쩌면 이 구두 덕분일지도 모른다.

낯선 곳에서 순수함과 용기가 흔들릴 때 자신의 발 끝, 구두가 눈에 띄었을 것이다.

'처음 네 마음을 잊지 마.'

구두를 보며 앨리스와 도로시는 자신의 길을 걸었을 것이다.

"유치하게. 애들 교복에나 어울리는 거잖아. 그리고 신고 벗을 때 불편해."

친구들 중 몇몇은 이렇게 핀잔을 준다.

하지만 유치함이 사라져서 일상이 지루해진 건 아닐까?

어차피 반복되는 일상이라면 좀 유치해져야 재미있어진다.

메리제인 슈즈는 유치하고 미숙했던 유년 시절로 돌아가길 권하는 초대장이다.

"만약 어린 시절로 돌아간다면 어떤 순간으로 가보고 싶어?"

"중학교 때 교회에서 친했던 오빠가 고백하러 온 적 있었어.

그 오빠가 떨리는 목소리로 뭐라, 뭐라 말했는데 하나도 들리지 않

앉어.

그저 빨리 우리 집 앞에서 떠났으면 했어.

바로 이웃에 사는 친구가 볼까 봐 너무 부끄러웠거든.

다시 돌아간다면 그 고백, 제대로 듣고 싶어."

"어렸을 때, 아빠 사업이 망해서 집이 어려웠던 때가 있었어.

남동생이 패나 노래를 잘했는데 꿈이 성악가였어.

그런데 그땐 몰랐어.

자기 꿈이 부담이 될까 아무에게도 말하지 않았대.

학교에서 합창대회를 나가게 되었고 솔로 파트를 맡았는데 몰래 나

갔더라고.

혼자 옷을 준비하고 아빠 구두를 훔쳐 신고 나갔다고 했어.

그리고 대회가 끝나고 교복으로 갈아입고 집으로 들어왔었대.

다시 돌아가면 그때 따라가 주고 싶어.

꽃다발을 사서."

구두 하나 놓고 이야기할 뿐인데 친구들은 유년의 이야기를 술술

풀어낸다.

그리곤 당장이라도 구두를 살 듯 서두른다.

지금이라도 늦지 않았어.

새 구두를 신고 남동생에게 꽃다발을 사주길.

너에게 다가올 남자의 고백을 소중히 들어주길.

옛날 구두는 수선공에게 맡기고.